命の時間

たった一人で「親を介護する」ということ

㈱感動集客
松野正寿

ＫＫロングセラーズ

まえがき

両親が同時期に末期がんになってしまいました

二〇一四年の一〇月。福岡県に住む三〇代半ばで一人っ子の独身男性に、青天の霹靂の出来事が訪れます。

両親が同じ時期に末期がんになってしまいました。

子供の僕が無知状態の中で急にたった一人だけで介護をしないといけなくなり、ほぼすべてを二四時間体制で、約二年間一人でやり続けることになります。

二〇二〇年の現在はといいますと、偉大だった母は数年前に他界し、今の僕は結婚して、妻と子供たちの協力を得ながら、がんだけではなく、認知症になってしまった父の在宅介護を現在も続けています。今はがん介護以上に認知症介護の難しさなどを痛感している所です。

ただ、母が命を懸けて与えてくれた数々の教えと愛情を受け取ったお陰で、多少の苦悩はありますが、今も前向きに父の介護を家族と続けることができています。本当に介護を抱えている中で結婚して家に来てくれた妻には感謝しかありません。


なぜ、僕はたった一人で介護をしないといけなくなったのでしょうか?

最初から自分が「やる!」と決断したわけではありませんでした。

男の僕一人では誰がどう見ても当然ながら限界がありますし、改めて両親としっかり話をすれば病院に入院や施設の選択肢もあるな……といろいろ考えていました。

ましてや二人同時期にとなれば、病院に入院させないと何の知識も経験もない僕が介護をするなんて、絶対に無理だと思っていました。

しかし両親から出た言葉は

「病院に入院して過ごすのは絶対に嫌だ！」でした（もちろん、そこにはいろいろな意図が含まれているのですが、それはまた別の所でお話をさせてください）。
ただ病院は嫌だと言われても「いや、家族だとしても僕の人生があるし、独立して会社を立ち上げたばかりなのだから……」と、当初は途方に暮れていた気がします。

ただ、先に結論的なことからお伝えしておくと、最初は「自分が介護なんて無理無理」と思い込んでいた僕が、二週間ぐらいはしぶしぶやっていた僕が、親の本当の想いや願いを知り、自分の意志で最後まで責任を持って介護を引き受けていくようになっていきます。

これまで育てて支えてもらった恩を、味噌汁一つも作れない、おむつも付けたことがない僕が、突然両親二人に同時に起きた末期がんを在宅介護を通じて、本気で向き合った中で母の命のタスキを受け取った、小さな町の中にある一つの家庭の実話です。

もくじ

4章　末期がんに三大療法は果たして正義なのか

5章 二人を回復させたくて僕がやったこと

6章　家族だからこそ寄り添う気持ちを忘れてはいけない

7章 死から生をみた生き方で一生懸命生きる

1章

僕が両親二人の親になった日

「母ちゃんが四〇度を超えた熱が出て苦しそうで、やばいみたい」

二〇一四年の一〇月のある日。いつも元気な母が急に二日間寝込んでしまいました。僕は外に仕事で出かける用事がありましたので、家を出る前に母の部屋を少しだけ覗いて布団の中で寝ている母に「珍しいね、母ちゃんどうしたん？　風邪ね？」と聞くぐらいでした。母も軽い感じで「そそ、寝ていれば治るから大丈夫ばい」と言ってました。

僕は、母ちゃんもたまには風邪ぐらいひくわな……と特に心配もしない中で得意先の所に出かけました。

二三時を過ぎた頃でしょうか、普段は鳴ることがない自宅から僕の携帯が鳴ります。すると父から「母ちゃんが四〇度を超えた熱が出て苦しそうで、やばいみたいだから、ちょっと仕事かもしれんばってん、悪いけど帰ってきてもらえんか?」という連絡でした。

僕にとってはいつも強気な父が少し焦っているのが声から感じられたので、急いで家に帰りました。すると、さっきまでは寝ていたら治ると言っていた母が、目はうつろ気味で呼吸も少し荒く、顔も真っ赤になっていたので、これはちょっとやばい状態だとすぐに察しました。

父も母の変化を感じて氷枕を用意したり、たらいに氷水を入れ、タオルに浸して母のおでこに当てながら、時折熱を測るなどしていましたが、あきらかにいつもと違って焦っていました。

僕は母に「どこか痛い所はなかかね?」と聞くと、「胸が痛い」と言ったので、ＷＥＢ関係の仕事の僕は、情報をかき集め、これは心筋梗塞ではないか、と自分なりに仮判断をしました。

救急車を呼ばないと大変なことになると思い、すぐに電話をしようと思ったのですが、父が「夜中だから近所さんの迷惑にもなるし、明日の朝まで様子を見た方がいい……」と言ったので僕は母に「救急車は呼ばんでよかね？」と聞きました。

「絶対に呼ばんでいい。おだん（私）は大丈夫やけん」といつもの病院嫌いの母が出てしまいました。

ただ、僕は心筋梗塞の可能性があると思っていましたから、四の五の言ってられない、もう電話をしようと強制的に救急車を呼ぶことにしました。

しかし、母は極度の人見知りなので、いきなり音を立てて救急車が来ると逆に行きたくないと駄々をこねかねないと思い、電話口で「近くに来たら、音を止めて来てください」というお願いと、心筋梗塞っぽいことを伝えました。

乳がんの末期状態で、全部がんに食われている

もう母の意識も朦朧《もうろう》としていたので「母ちゃん、今から救急隊の方が来るから入院はしなくていいから病院で見てもらおうね」と耳元で伝えました。

救急隊の方が到着すると、案の定、少し口で抵抗していましたが、父と救急隊の方が上手に説得しながら深夜に病院へ行くことになります。

僕も同行しようと思いましたが、母の着替えなどの準備があるため、病院の付き添いは父に託し、父には「症状が分かったらすぐに電話して！」と頼みました。

しかし三時間ぐらいが経過しても電話は鳴りません。

ジリジリしながらも、母が一番親しい身内にだけ現状の電話をしたり、パソコンから心筋梗塞のことや入院の手続き、費用面のことをいろいろと時間の限り調べてい

ました。
その後も電話が鳴ることはなく朝方ぐらいになってやっと父から電話がありました。
「先生から数日間は入院しないと命の保証が出来ないと言われているのに、母ちゃんが、もう死んでもいいから点滴を抜いてください、家に帰りたいと駄々をこねていた。みんなで説得をするのに時間がかかって電話が出来なかった」ということでした。

「で、母ちゃんどうなん?」と父に聞いたら
「それが心筋梗塞じゃなくて乳がんの末期状態で乳房も全部がんに食われていて、左の鎖骨もがんの影響で折れているらしいで……」

一瞬、頭が真っ白になりました……。

「がんの腫瘍から出た高熱で貧血もひどいみたいやけ、しばらく安静にしてもらって今後を決めるから、本当なら息子さんにも来てもらいたいと先生は言いよるけど、なんせ母ちゃんがあの状態やけなと……」

電話口の後ろで先生や看護師さんと母のやりとりが聞こえてきました。

父は続けて「なので、先生はなんち言うか分からんばってん、もう母ちゃんを連れてタクシーで帰ってくるけん、お前もそれでよかろ？」と。

もう父が腹を決めている気がしました。僕も最初は一日だけでも入院させてと言いましたが、おそらくそんなことはもう父が母に何度も病院で言っているはずだと。

「もう仕方がないけん、ちょっと先生と電話代わって」と言って、僕が先生と話をして懸念されることも聞いた上で、解熱剤と痛み止めなどだけ処方をしてもらいました。

母は父に肩を組まれながら少しニヤニヤしつつ家に戻ってきました。

布団に寝かせるとすぐに
「おだん（私）、もう絶対に病院には行かんばい。もういつ死んだっちゃよかとやから……」

と言い、すぐに深い眠りにつきました。

「病院はやめてください」と泣きじゃくる母

そこから父と二人で、この極度の病院嫌いな母をどうやって連れていくのか？　を六時間くらい話し合い、入院はしなくていいけど、どの薬が合うか分からないらしいから、それだけを聞きに行こうと何とか母を説得して、女性医師のいる病院に足を運びました。

先生がいろいろな観点から話をしてはくれているのですが、当の本人は聞く耳を持とうとせず、目をつむって少し下を向いて聞き流している感じで先生には申しわけなかったです。

「抗がん剤を投与して、もしダメならホルモン剤での治療もあって……」などの話があった中で、僕は母に「母ちゃん、治療をしてもらおう。通院でも良いと言ってくださっているのだから……」と言ったのですが、断固として頷くことはありませんでした。

でも、僕が強制的に抗がん剤を投与するという書面に、手を持って無理やりサインをさせました。

手術の時と同じで、抗がん剤の時もサインが必要なのかと頭をよぎりましたが、それで少しでも延命になるのならと思いながら……。

しかし、家に戻ってからが本当に大変でした。母が部屋でしゃがみ込み、

「もう何でも言うことを聞きますからお願いします。病院はやめてください。もう残りの時間はとにかく家で穏やかに過ごしたかけん。痛みが出ても我慢するけん。お願いします。お願いします」

と泣きわめく始末です。

命にかかわることですから、泣きわめく母に対して僕も、さすがに怒りました。しかし、父が「もう分かった。分かった。そこまで言うなら家に居てよかけん。俺が世話をすりゃよかとやから、それでよかよか」と言って病院に電話をし、母の気持ちを尊重するために、断りの連絡をしました。

僕は正直「いや嘘やろ？　介護とか家で出来るわけないやん？」と言いましたが、父が「お前は仕事をしていい。俺がするけん」と言ってその日、一日中、父だけで母の介護をすることになります。当然ながら口で言うほど甘くはありません。

あの日、急に熱が出て病院へ行ってからというもの、母は立ち上がるのもままならない、歩くのはもっと大変な状態になりました。

そんな状況で父は腰痛持ちのため、母を布団から起こして立ち上がらせるだけでひと苦労です。

そこから母には左手で杖をついてもらいながら、もう片方は肩を組んで一歩、また一歩と風呂場に連れていきます。でもそこから洋服を脱がせるのがまた大変で、お風呂に入れて、上がって洋服を着させて布団に戻るまで約三時間です。

なんせ、母は結構なぽっちゃり体型ですから、なおさら大変でした。

何度も「僕も手伝おうか？　きついやろ？」と言ったのですが、父は「いや、お前は仕事があるから俺がするけん、よかよか」ばかりです。

そうは言っても高齢者一人では限界があります。結局、横にいながら僕が補助をして、三時間です。

父はその三時間で、一日分の汗をかいたぐらい服がビシャビシャになっていました。母が就寝した後に父から聞いたのですが、お風呂の中で母が、自分が倒れる前日、お風呂場でがんに食べられている胸から血が止まらずに、トイレットペーパーのロールを僕たちに見つからないように三つも使って止血をしようとしたと告白していたそうなんです。

また二〇年前ぐらいに胸のしこりが少し気になってその時に病院には行ったけれど、本当に気になるなら大きな病院で検査をしなさいと言われてはいたみたいでした。でも、もうその時からこのまま放置して、生きれるだけ生きようと決めていたそうです。

たまに自分のへそくりで、仲のよい薬局で高麗人参の漢方だけ買いながら……。

父もこの話を聞いて、だから買い物に行っても鎖骨が折れているから左で荷物を持つのがしんどいとよく言っていたんやな、とか「おだんはもう死ぬからいいのよ、オホホ」と言いながら、大好きなお菓子を食べていたのかと思ったと言ってました。

訪問医とともに自宅での緩和治療がはじまる

寝る前のトイレなども母はもう自力で立ち上がることが出来ないので、数日は杖で部屋の横にあるタンスを叩いて、僕と父を呼ぶという態勢をとっており、今思えばオムツを付ければよかっただけの話なんですけどね。

男二人なのでそこまで頭が回らないといいますか、気が利かないといいますか、まだそこまでの状態ではないのかなと思っていたのかもしれません。

ただ、自分たちではもう限界だという日がやってくることになります。それは寝ている時間が増えたのや食事の偏りもあり、母の便秘がはじまります。

市販の便秘薬を使っても全く効果がないので、僕はテレビでよく見かける、家に訪問してくれる病院の先生をＷＥＢ上から探して、現状の諸事情をメールでお伝えした後に、母にバレないように外に出てこっそり看護師さんと一緒に家に来ていただきました。

家に先生たちが来た瞬間、母は僕に対して「なんで誰も頼んでいないのに、勝手に呼ぶんだ」と怒っていましたが、さすがは訪問介護の先生と看護師さんなので、上手に母をなだめてくださり「お母さん、病院に連れていくために来たんではないんです。ちょっとだけ診察に来させてもらっただけです。安心してください。すぐに帰りますから」とうまく言ってくださいました。

外痔が三つほどあるので痛がってはいましたが、病院で使われる浣腸を使ってもらって驚くほどの便が出て本人もスッキリした後に、看護師さんと少し雑談をしていました。

その間に、急拠来てくれた先生が僕と父に「今の状態ではとてもじゃないけど、QOL（生活の質や維持）が出来ないので自宅での緩和ケアをはじめていきませんか？　大丈夫！　家に居てでも治療は出来ますよ」と伝えてくれたのです。

その間、「これって、現実問題としてやっぱり僕が介護をしないといけないのか？　いや、違うよね？　看護師さんか、介護士さん？　よく分からないけどお手伝いさんが家に来てくれて母ちゃんのサポートをしてくれるのだろうな……」と安易に思っていたのですが。

二日後、約一〇人前後の医療関係者の方（ケアマネージャーさん、訪問看護師の責任者と日替わりで担当される三名、理学療法士、ヘルパー、デイサービスのお風呂担当、介護器具のレンタル会社）が一斉に家に来られました。

数日後からはじまる訪問介護の説明をいろいろと聞いていると、家に来て介護の手伝いはしてくれるみたいなのですが、基本的に訪問看護師やヘルパーが一緒に来ることは出来ないのと、お互いに出来ることと出来ないことがあって、滞在時間はだいたい一時間前後と決まっているみたいでした。

また毎日になるとお金もかかるし、先生の訪問診療料金とはまた別の話なので、とのことでした（今はどうなのかは分かりませんが、当時はそうでした）。

さらに全員のチームワークを発揮させるために計画を作ってくれるのがケアマネージャーさんで、この計画表がないとみんなが動けないとのことでしたが、そういう打合せの時間も母の症状によって僕が時間を作らないといけないことが分かってきました。

母に関わる関係者の方々が帰った後、ちょっと部屋に戻ってたばこを吸いながらツイッターやfacebookを眺めていると、友達や知人がいつもと変わらない楽しい日々を過ごしています。

僕も一週間前ぐらいはみんなと同じだったのにな…と思いつつも、ふと、介護をしている方はどんな気持ちでSNSを眺めているのだろうというか、いや眺める暇もないのかもしれないなとか、たばこを吸い終わってもいろいろと考えていました。

たった一週間前後で母は寝たきりになり、一人で歩くこともままならなくなりました。また自分でご飯を食べることも出来ない状態になってしまったのです。

ついこのあいだまで家族でご飯を食べていた部屋で、母を介護するための専用の電気ベッドが業者さんによって淡々と組み立てられている光景を見ながら、これから現実問題として僕と父だけで母の末期がん介護をするという事実を受け入れないといけないことを実感したのです。

頭では分かっているつもりでも、まだ心が追い付いていないフワフワした感じだった気がします。

「あたしには、あんたしかおらんけん、頼むばい」

僕自身としてはやっとの想いで会社を立ち上げた数カ月後の出来事となったので、あまりにも突然過ぎて、自分の人生に親の未来を受け入れて背負う用意が出来ていなかったかもしれません。

なぜなら、会社としてやるべきことや目の前の仕事のこともあるのですが、これまで家のことは専業主婦の母が全てやってくれていたので、とてもじゃないですが、僕自身やれる気がしなかったのです……。

三〇代半ばの男として恥ずかしい話になりますが、当時の僕は味噌汁すら作ることが出来ませんし、りんごの皮むきも出来ませんでした。

インスタントラーメンと目玉焼きぐらいしか作ったことがないほど食事に関しては何も出来ませんでした。

洗濯などは出来るとしても、アイロンがけなどは上手に出来ないし、まともに出来るのは掃除ぐらいしかなかったのです。


また父ちゃんは七〇歳手前で腰痛持ちでもありますので、父が自分がやるからと言っても無理はさせられませんし、何より生活費の工面はもちろんのこと、そもそも医療費を支払う上で、うちの保険関係はどうなっているのかも分かりませんでした。

これまで深く考えたこともなかったし、在宅介護も保険適用になるのか？　また介護をしながら仕事はやっていけるのだろうか？　などいろいろなことが頭の中でグルグルとずっと回っていました。

こんな精神状態の中で介護ベッドに寝ている母が就寝をする時に「母ちゃん、電気消すよ！　おやすみ」と言ったら、

「あたしには、あんたしかおらんけん、頼むばい」

と小さな声で言ってきました。


いつ死んでもいいと覚悟を決めていた母ちゃんからの意外な言葉でした。

父もいるし、訪問介護の協力体制も出来たし、もちろん、僕に出来ることはさせてもらおうとは思っていたのですが、何となく違和感を感じていました。

そして父が、直腸がんのステージ3B、今すぐ手術が必要

こうして、少しずつ介護が始まっていくわけですが、二カ月目に差し掛かる頃でし

ょうか。父がトイレに行っても便が出なくなりはじめます。

催すのですが、出ないんですね。一日四〇回ぐらいトイレに行っていました。

タイミングが良かったのか、悪かったのかは分かりませんが、母ちゃんも痔の症状が強く、毎回痛みと戦いながらだったので、先生の人脈のお陰で特別に肛門専門の看護師さんが来てくださったのです。

そのタイミングで父の症状を伝えたところ、本人は大したことはないとは言っていたのですが、看護師さんは何かを察しているみたいで「一度お父さんを私が勤務している病院に来てもらうようにしましょう」と手配をしてくださいました。

次の日に検査をしてもらったら案の定、直腸がんのステージ3B、今すぐ手術が必要ということで、母の介護から急拠離脱となりました。

その後、退院して家に戻ったかと思ったら敗血症で三週間の入院。そしてがんの骨転移で末期扱いとなり、今は要介護2の認知症まで患うことになり、父の介護自体は現在も続いています。

当時はさすがに母を家に置いたまま、父の手術に立ち会うことも出来ません。普通なら親族にお願いするものなのですが、うちはいろいろと両親共々が複雑で、そういう関係性にありません。

なら、次に頼る場所として従妹がいるわけですが、それぞれがそれぞれで家庭を持って仕事をしている中で遠方にいたり、疎遠になっている従妹もいるし、従妹たちの諸事情を知っているのもあって頼ることが出来ませんでした。

それで、唯一母の一〇歳年上でもある、昔からずっと僕をかわいがってくれた大阪の叔父と叔母に、高齢な中で本当に申しわけない気持ちで一杯でしたが、父の手術の立ち合いをお願いすることになりました。

こういう経緯もあり、僕は両親二人の親になることとなります。

2章

家族だからこそ、僕が助けないと。二人のがんを自分が治すぞ！

今までとは一八〇度違った人生が始まる

全てのことを一〇〇％一人で、とは言い切れませんが、訪問看護師さんと理学療法士さんが数日に一回一時間来てくれる時間と、先生が訪問診療で週に一度二〇分〜三〇分診てくれる以外は、父のことはもちろん、ほとんどのことを一人で母が亡くなるまでの約二年間、朝から晩まで、睡眠時間は仮眠のみで仕事をしながら介護をさせてもらいました。

だから僕ってすごいでしょ？　立派でしょ？　ということをお伝えしたいわけではありません。むしろ、女性だったら普通に出来ることを男が介護をするとなったらどれだけ大変なのか？

もちろん、僕みたいに同じタイミングで両親二人が末期がんになって、自宅で生活をしていくというのは珍しいのかもしれませんが、遅かれ早かれ少子高齢化の世の中において誰もが経験することです。

コロナ禍の今、もっとシビアに介護をしていかないといけません。

「在宅介護って言うけれど、ちゃんと病院があるから……」と思われるかもしれませんが、病院に行くか行かないかは家の経済状況や諸事情によっても変わりますし、何より本人の意志が重要です。

また人口が多いエリアでは受け入れが出来ない所だってたくさんあります。

たとえ、病院に入院が出来ても一定期間を過ぎれば退院をしないといけない時もありますし、考えられる治療は全てやったと判断されたり、患者の身体が耐えられないのであれば、否が応でも病院ではなく、最後は終身施設か自宅で看取ってあげないといけません。

こういう現実問題も抱えた中で仕事や子育てをしている方々も全国にはたくさんいらっしゃると思います。

ですから、他人事と思わずに、無知からはじまった僕の両親二人の同時介護を読んでほんの少しだけ、心の向きをこれからのために傾けてもらえると幸いです。

何でもそうかもしれませんが、在宅介護はやった人間にしか分かりません。

特に末期状態のがん介護の場合は、介護をする側も第二のがん患者と言われるぐらい、体力以上に精神的なストレスも半端ではありません。

今後の不安などを考える暇すらなく、毎日が朝から晩まで時間と戦いながら親の体調を見ていかないといけません。全てにおいて自分のことは二の次になります。

少なくとも一人で二人の介護を同時にしてきた僕はそうでした。

今までとは一八〇度違った人生がはじまることになります。

ただ、学校や仕事では絶対に学ぶことができない命との向き合い方や尊さ、そして当たり前の日々が続くことの素晴らしさを受け取って、僕は次の未来へと大切なことを今は親となり引き継いでいる気がしています。

なんか綺麗事に聞こえるかもしれませんが、今も介護は続いている中で僕が心から思っていることです。

ただ、末期がんの在宅介護は治療ではなくて、終身ケアだと僕は思うようになりました。訪問してくださる先生や看護師さんたちも言葉には出しませんが、ほぼ治るとは思われていないはずだからです……。

たくさんのがんに関する本をいろいろと見ていけば分かりますが、がんになったら一般的に僕たちが思っているような病院に行って手術をすれば、抗がん剤を使えば、絶対に治るとか、治してもらえるという簡単な話ではありません。

それは人それぞれですし、そもそも「がん細胞」は頭が良過ぎるからこそ根治が難しいのです。

これだけ医療が発展しているのにも関わらず、そして日夜、寝る間を惜しんでがんの研究をしてくださっている医療関係の方たちでさえも、未だに誰でも「がんを治すための絶対法則」は出てきていません。

だからこそ、三大療法こそが絶対ではないと僕は思っています。実際に三大療法をしなくても医療関係のエビデンスがなくても、食事だけでがんを治したという体験談があったりもしますよね？

それなら、その食事療法が全ての人に当てはまるのかと言えば、そうではありません。

また日本はがんビジネスの国とも言われている中で、「このサプリを使ったら」、「この健康食品のお陰でがんが治りました」とうたわれている商品もたくさんあります。

実際に回復者がいるかもしれませんが、病院側からすると騙されてはいけませんよとなるでしょうし、そこにきちんとしたエビデンスがあるかどうかは疑問ですよね？

例えばがん予防のために排除することが推奨されているものとしてタバコ、有害化学物質、ウイルス、欧米化した食生活、社会の精神的なストレス、運動不足、睡眠不足などが挙げられます。

それらを全てクリアーしている人は絶対にがんにならないのかと言うと、そんなことはありません。

そもそもの体質も、免疫力も人によって違います。どんな環境にいたのか、どんなものを食べてきたのか、どんな生活をしてきたのかでも変わります。

とにかく素人がどうこう言えるものではありません。

免疫力を上げればがんは治るとも言われていますが、免疫力が強すぎて病気へ変化することもありますし、調べればすぐに分かりますが、がんになると免疫力が働きにくい免疫抑制細胞が出来てくるので、これらを減らしながら免疫力を上げないといけないので非常に難しいわけです。

また素人の僕たちは、がんを治す・治ったという表現を使いますが、例えば抗がん剤治療をしてから五年以上の再発がなければ寛解（かんかい）という表現が使われます。根治とは言えないのです。

これはなんでかと言うと、健康な状態だとしても毎日数千個のがん細胞は生まれています。

僕たちの身体は出来たばかりのがん細胞を免疫細胞によって退治してくれています。

なので、簡単な表現でまとめると、免疫力が低下したら退治する処理能力が遅れるので、がんがあるかどうかを調べる（ＰＥＴ検査）などではまだ発見できないぐらいの状態が残りはじめて育っていきます。

何を選ぶのか、何を信じるのかを自分で調べる

早期発見、早期発見と言われていますが、がんっていきなり出来ているわけではありません。病院の検査で発見出来る所って一センチぐらいになってからです。

なら、ここまでがんが育つには一〇年から一五年の月日がかかると言われています。

なので、誰もが今自分はがんではないとは言い切れないのです。

だからこそ、大切なのは自分の選択に後悔がないような生き方にすることだと思います。

がんになると西洋医学が全てだとか、東洋医学が全てという偏った考え方ではなく、どちらの素晴らしさもうまく組み合わせて考えていく柔軟さが必要だと僕は思っています。

また医師の方も基本の受けた教育は同じだとしても、がんに対する考え方やアプローチ方法は人それぞれで違いますからね。

三大療法の効果に疑問を感じる医師の方もいて、勤務されている大きな病院をやめて自分で開業をする方だっていますし、延命には三大療法しかないと思う方、単純に仕事として割り切る方もいます。

命を救う仕事だとしても、病院を会社という組織で考えれば何となく分かるかと思います。

だからこそ、何を選ぶのか、何を信じるのかを自分たちできちんと調べていく癖を日頃から付けておく必要があるのではないでしょうか？

疑問、違和感、納得が出来ない部分は理解するために一つずつ丁寧に調べる

僕は仕事自体が個人事業主や中小企業のＷＥＢコンサルティングをしていますので、親が寝ている時や、仕事の合間は全てがんに関する本や資料請求、情報収集に時間を使ってきました。

医師の方が言いづらいことも、素人ながらに分かっているつもりです。

繰り返しますが、少しでも後悔が残らないように、納得した生き方が出来るように、

国や病院が言っていることが完全な白で、他の情報は黒だという判断ではなく、柔軟性を持ってどう生きていくのかを決めて、行動を起こしていくことが重要ではないでしょうか？

疑問、違和感、納得が出来ない部分があれば、しっかりと調べて一歩ずつ理解していくことです。それが介護をする側にとっての使命だと今の僕は思っています。

現実として家に訪問してくださる医療従事者の方々は本人の意志を尊重しながら、いろいろなことを考えて対応をしてくれます。たくさん考えて提案をしても本人がイヤというのなら、そこから無理も言えません。

在宅介護の中でも本人の意志で病院に足を運びながら三大療法（抗がん剤・放射線・手術）を受けるという選択肢もあるでしょう。

また、うちの両親みたいに三大療法はせずに、自宅で健やかに過ごして痛みや苦しみがないように最後を迎えたいのが本人の望みであれば、三大療法の提案もありませんし、本人の意志を尊重して考えて対応をしてくれます。

末期状態の在宅介護のＱＯＬ（生活の質・生活維持）を落とさず本人が健やかに過ごせるように、が基本です。

少なくとも我が家に関わってくださった医療従事者の方々は、自分の使命感を持って目の前の両親に対して、僕たち素人では出来ないことを一生懸命してくださいました。本当に感謝しかありません。

ただ、それでも僕には違和感が残る所が多かったのです。これは関わってくださった医療従事者の方々の対応がどうこうではなくて、当然のことですが、身内ではありませんから、使命感はあってもそこに家族としての愛はないからかと思います。

終身治療でなく終身ケアでいいのか

なんでこういうことを書いているのかと言うと、僕は母の状態が末期がんでも、治すつもりで訪問治療があると勘違いをしていました。

ただ、本人が治療という選択をしていません。

僕の中で本当の意味で介護に対するスイッチが入ったのは、父の何気ない一言でした。

「みんな母ちゃんのために、仕事とはいえ、良くしてくれるよな」と……。

確かに短い時間の中で僕が少しでも楽になれるように、一時間という短い中でも懸命に両親と向き合ってくださっている。

ただ、介護を受ける当の本人たちが治療をしていこうではなく、生きられるまで生きたいという選択をしたわけだから、当然ながら死に向かうまでQOLを落とさない終身治療ではなく、終身ケアになるということだよな——。

僕は親がこの世を去るまでの間、こんな気持ちで淡々と仕事をこなすような感じの介護で子供としていいのか？

いや、良いはずがないやろ？　家族だからこそ僕が助けないと、僕ががんを治すつもりで取り組まないと、寿命だからと割り切れるわけがないやろ？

これまで育ててもらった恩をお前はどれだけ返したのか？　一番後悔をするのは本気で親と向き合っていない僕じゃないのか？

僕の中で何かフツフツとした情熱が、父の一言で湧き上がってきたのです。

両親二人が末期がんになってどう生きたいのか？　を決めたのならば、その気持ちを尊重した上で、子供の僕自身はどう生きたいのか？　を決めるべきだよなと……。

僕が息子として決めたことは、本格的な治療を選択せずに、自宅の中で生きられるだけ生きることを決めた親の介護をしながら、少しでもがんが広がっていかないように治すつもりで自分の人生を使おうということでした。

この瞬間、介護が続くということは命が続くということになりますから、生涯独身で良いと決めて、これが僕に与えられた新しい役割だと覚悟を決めました。自分の中で後悔を残さないために……。

でも母が僕に望んでいたのは……

僕は治療を受けないと決めた両親を助けるつもりで介護をしていきます。ただ母が就寝する時に僕に伝えた「あたしにはあんたしかおらんけん……」に違和感を感じた部分は、あとから徐々に僕は気づくことになっていくのですが。

僕と母の想いが違っていて、介護を通じてかなりぶつかっていくことになります。僕は治すつもりで母と向き合っていくのですが、母が僕に望んでいたのはそこではなく、そして、実は精神的にも弱いと思っていた母が一番強かったということを思い知らされていきます。

学校でも、仕事でも学ぶことが出来なかった大事なことを介護を通じて学ばせてもらうようになります。本当に女性の立場になってみないと分からないものですよね……。

母は強し、そして女性は偉大だということを、男性の僕が女性の立場になって未経験からはじまった介護のお陰で、僕は数多くの経験と学びをもらいました。

つまり、家族の中で一番学ばないといけなかったのは僕だったということです。

母は僕に助けて欲しかったのではなく、既に昔から覚悟が決まっていて、残りの命をかけて、介護を通じて、いろいろなことを僕に経験させようとしていたのです。

女性が家の中でどれだけ家族のことを想いながら過ごしているのかということ、父が自分と同じようになった時に僕が困らないようにすること、将来、僕が結婚して奥さんや子供たちのために自分の経験を活かすこと、そして最後に母が、これまで僕に教えてきたことの大切さを、僕の未来のために思い出させることでした。

少子高齢化の時代が加速しているからこそ、僕が大黒柱として単純にお金を稼ぐだけではなく、自分の身の回りのことや家族の未来を背負って生きていける人間になるために、母はわざと病院ではなく在宅介護にこだわったのです。

それを口にすることはありませんでしたが、自分の命と僕を向き合わせて気づかせようとしていることは月日の流れと共に分かってきました。

仕事をしながら、当たり前の生活を維持しつつ、両親二人を男一人で介護していくのは自分が思っている以上に過酷ではありましたが、今は感謝しかありません。

現実問題として介護は遅かれ早かれ誰にでも訪れるものです。
もちろんお金をはじめ、自分の体力や精神も削られますし、時間との戦いで本当に大変なのですが、僕は得たことの方が圧倒的に大きかったです。

この本は、何も家事が出来ない三〇代独身男性の一人っ子が、両親二人の末期がん介護を通じて、女性の偉大さ、女性の気遣いや思いやり、親としての責任の果たし方、そして感謝と恩返しを学び直しながら成長をしていく一つの物語です。

無知だと後悔しかねない

実際に僕は無知の状態から介護をさせてもらったので強く言えることなのですが、いきあたりばったりの介護では目の前の命とは向き合えませんし、何より介護をする自分自身が一番疲れてしまいます。

顔が違うように家庭環境も人それぞれだと思いますが、少子高齢化の現代社会において、誰もが無知過ぎると思うのです。

今回のコロナ禍でも情報の質が求められ、問われてきましたよね？

一次情報ではなく、二次情報を本当の情報だと思い込んで市場はパニックに陥りました。

これからもっと高齢者は増えていきます。でも、高齢者を支える次世代の人口が、僕たちが思っている以上に年々少なくなってきています。

そして介護の世界で働いている経験豊富な方も給料の面で転職をされる傾向も増え医療・福祉は特に人手不足が社会問題になっています。


このような状態の中で、頭の中で将来自分たちは大丈夫なのか？　と思うだけではなく、まだ介護を経験をされていない方ならば、今からでも遅くはありません。

自分自身ががんになったら？　自分自身が介護をする側になったら、と考えて現実と向き合いながら未来に向けて投資をすることが大切ではないでしょうか？


実技は出来ないとしても、少しずつでも知識を入れておくだけで現実化した時の精神状態、決断力、行動は大きく変わっていきます。

今はこういう世の中ですからネット情報はたくさんありますよね？

検索するのが苦手であればYouTubeで動画視聴でも良いと思います。

これらを通じて自分の中に落とし込めない時は専門家が書いた本を少しずつでもいいので読んでみてください。必ず役に立ちますから。

ただ、どのご家庭もそれなりに忙しいと思います。大半の方が頭では分かってはいるけど、なかなか……と思われるのが本音だと思います。もちろん、お気持ちは分かります。

本の場合で言うならば、休みの日に一気に詰め込もうとするのではなくて、一日五分～一〇分と決めてあなたが興味がある見出しだけから読めば大丈夫です。

大切なのは心の向きを未来という大枠で捉えるのではなく、今の現代社会を生き残るためにという意識で、一日五～一〇分を習慣化させていくのが良いと思います。一日五分でも年間を通せば物凄い時間になります。

誰でも、何が起こるか分からないからこそ、という意識は持っています。

だからこそ、ほとんどの方が生命保険に加入するわけです。

この保険自体も家族の誰かに任せっきりではないでしょうか？

当時の僕は親に任せていました。うちの場合は残念ながら高い保険は解約していて、家族全員が県民共済だけの状態でした……。


ただ、高ければ良いというものではありませんよね？　なぜなら奇跡的に命が繋がって家族の介護が必要になる現実があるからです。

こういう状態の中で毎月高い保険を払い続けるのは必ず負担になっていきます。

だからこそ、亡くなった時のことだけではなく、介護が必要になった時のことを考えた上で、無知の部分に新しい知識を早い段階で入れておく、そしてライフプランを見直していくことが今の時代は特に重要ではないかと僕は経験上思っています。


昔の僕もそうだったように「まだうちらは若いから」とか、「うちは家系的に大丈夫」とか、健康であるほど介護に関して他人事に感じてしまう傾向にあるかなと思っています。

介護の二年は短いかもしれませんが、両親二人の末期がん介護はそれなりに大変だったからこそ、コロナ禍により経済状況も変わった今だからこそ、強く伝えておきたいのです。


無知での介護は自分が一番苦しくなるし、決断力も、行動力にも影響してくるということ。

そして、学ぼうとしなかった自分に対して大きな後悔の念を抱くことになりかねないということ。


僕の経験を通じて少しでも伝われば幸いです。実際に僕の場合、無知でしたし、頭が真っ白になりました。

会社を立ち上げて、さぁ！　これからの時でしたし、そろそろ婚活でもしないといけないなと呑気な状態からいきなり、人生の使命が大きく変わり、急に両親二人の介護をしないといけなくなったのです。

だからこそ、僕みたいな苦労が少しでも緩和出来るように、今、あなたのご両親がご健在であれば、そしてご結婚されて子供さんもいらっしゃるのならば、今の社会情勢に危機感をもっと持っていただきたいと思います。

家計簿の強化、保険の見直し、そしていつの日か訪れるであろう病気に関する基礎知識、そして二人に一人の病気となったがんに関する予防知識や介護や終活などの概要部分などに心を傾けて、少しずつでも構わないので行動をしておくだけでバランスを保つことは絶対に出来るはずです。

◆普段から介護だけではなく、お金と健康について人以上の関心を持っておく
◆介護を他人事だと思わないこと、保険の見直し以上に介護が必要になったらの部分でお金のやりくりを計算する
◆もしも明日から介護がはじまっても大丈夫なような知識と準備を、少しずつ整えることが重要

3章

医療従事者から学ぶべきこと

「あんたも手伝いなさい。そして勉強させてもらいなさい」と言う母

医療従事者の大半が国家資格か、専門資格を所持されています。

並大抵の努力では簡単に成しえないことです。

在宅介護が必要になったら介護をされる側に対してはＱＯＬを落とさないようにするため、また介護をする側に対しては日々の負担を少しでも減らすために、限られた時間の中で、定期的に来て助けてくださいます。


緊急の時は真夜中でも、訪問看護師さんが来てくれますし、訪問看護師さんでは対応が難しい場合は、担当医師の方だって駆けつけてくれます。

僕の場合は親二人の介護を交互にしているので、訪問で来てくださっている時は、安心して買い物に出かけたり、銀行の支払いに行ったり、少し仮眠をとったり、ご

飯の準備などをしたかったのです。

しかし母がそれを許しませんでした。「あんたも手伝いなさい。そして勉強させてもらいなさい」と言うのです。父と違って寝たきりではないので、父に対しても「○○さんばかりにやらせないで、あんたも手伝いなさい」と言います。なので、最初は腹が立って訪問が終わった後、結構な頻度で母と強い口論になることが多かったのです。

訪問看護師の方や、理学療法士さんたちも「お母さん、少しは息子さんを休ませてあげませんか？　そのために私たちがいるので、もっと私たちに頼っていいんですからね、旦那さんも隣にいてくれているので大丈夫ですよ」

「息子さんが頼りなのですから、休ませないと倒れたら元も子もないですからね……」と言われるぐらい、母は僕を手伝わせようとしていました。

正直、僕自身の覚悟は親の現状維持の延命ではなく、自分の介護で回復させていくつもりでさせてもらっています。

本当に毎日右往左往しながら、そして仕事もしながら一生懸命やりました。

だからこそ、歯がゆくなることが多く、怒りが抑えられなくなる時もありました。

なぜなら、訪問に来てもらっている間に午後の介護や明日に必要な所を早めに終わらせて、少しでも後から寝たかったからです。


訪問の一時間のあいだに近くのスーパーに足を運んで明日の買い物なども終えたかったですし、家にある日用品などをチェックする時間や仕事の対応などに時間を使いたかったんですね。

本音を言わせてもらえれば、お金を払ってお願いをしているわけなので最低限の礼儀と気遣いがあれば、我が家を担当してくれる関係者の方も志として一生懸命やってくれるのですから、当然だと思ったのです。

こういうことを僕は父の方の対応も忙しくなる時は、（当時は母の考えが分からずにいたので）怒鳴りつけるような口調で言って喧嘩が絶えませんでした。

「もう勝手にすればいい。俺は知らん」と自分の部屋に戻って、父に任せて仕事をしていた時もあります。

自分の本業の仕事は仕事で「諸事情は分かるけど、やることはやってもらわないと……」って、こういう時に限ってお叱りを受けることも多くてですね……。


少し話が変わりますが、僕は独立してから数多くの出逢いをいただき、人生の師匠と言える方々からいただいた教えをしっかりと実践してきて今があると思ってきました。

なので、心の持ち方には少し自信がありました。

特に冷静さや怒りに対する部分は、感情のコントロールが得意なほうだと思っていたんですね。

たくさんの教えをいただいたからこそ、介護の時もいつも思い出して頑張れたのは言うまでもありませんが、親の命と本気で向き合うとなるとちょっと話は変わってくるものなのだな……と自分の未熟さを知りました。

母の意図は僕はもちろんのこと、父にも自分のこれからのために知識と経験を付けさせることに他なりません。

なぜ、いつも僕が医療従事者の方に立ち会い、手伝いをしないといけなかったのかというと、あとから父が母との会話の中で僕に言っていたのですが、

「お金を支払うということは、時間を買うということだけではなく、本人たちが得た経験を学ぶことも含めて成り立つということ。

だからこそ、訪問に来てもらってからのあいさつから、最初の会話やケア中の間に知識を得て、プロとして介護をされている所を自分の目で見て、実際に手伝いをしながら覚えていく」

を繰り返して僕が体得していけば、母親のＱＯＬが維持できるのなら、訪問に来てもらう回数も結果的に減って別の所にお金を使えるということを言っていたみたい

でした。

月一八万円前後で、僕が成人するまで家族三人の生活をやりくりしてきた主婦ならではの考え方と言いますか、そういう意図を僕は全く読み取ることが出来ませんでした。

家族のために自分が救わなければと思うばかりで、余裕やら器の広さがなかったのだと思います。

だからこそ、介護をさせてもらって本当に良かったと今は思えますし、母の教えもあり、将来を見据えて僕も複数の資格を取得することにも繋がりました。

そんな母は中卒で、学歴も社会経験もありません。人見知りで穏やかな性格の人だったのですが、家柄が村一番の酒屋の中で祖父母の商売の仕方を見てきていたからこそ、専業主婦でも目配り・気配りは、僕が小さい頃から凄かったです。

僕は独立する前は家電の世界で一五年間、サラリーマンとして働いていたのですが売り上げが一位になったり、表彰されたりしたのは小さい頃から母が貫いてきた目配り・気配りのおかげだと思っています。

母自身が相手の先をいち早く読み取って、何事も用意周到の達人だったので、改めて、母の偉大さに気づかされるばかりでした。

◆介護する側はプロのいろいろな技術を常に学ぶ姿勢を持つことが大切
◆プロから自分が介護を学ぶ上で、家族が未来のために使う時間を軽減することが出来る
◆プロから学んで自分が出来る幅が広がれば、お金も別の部分に使えるようになる

一番多い喧嘩は僕と母、次に夫婦同士、最後は僕と父

両親二人を同時に介護していく上で、父と母の考え方の中間地点に立って物事のジャッジをしていくのも結構大変でした……。


要はがん患者同士（両親）が夫婦喧嘩をすることも介護の中であったのです。

一番多いのは僕と母、次に父と母（夫婦同士の喧嘩）、最後に僕と父。

うちは三人家族なので、それぞれの考え方、価値観がぶつかり合います。

介護をしながら両親がぶつかりあってしまうのは、これまでお互いのすり合わせが少なかったからに他なりません。


ちょっと驚かれるかもしれませんが、僕の父は約四〇年間のサラリーマン人生の中

で正社員や契約社員も含め、職を一八回も変わっています。なのでサラリーマンとしてのボーナスをほとんどもらってきたことがありません。


組織で働くよりも、自分の名前で生きた方がよかった人です。

コミュニケーション能力も高く、人に好かれる性格なのですが、同期や部下を庇《かば》い、自分が上司とぶつかってすぐに辞めるというパターンがほとんどでした。一見カッコよく見えますが、家族のことを考えると、……ってなりますよね？


母は学歴がなく、社会経験もないので家での内職をして、二人合わせて毎月一八万前後の生活が僕がバイトや就職をするまでは母がうまくやりくりをして生活をしてきました。

なので、僕も就職をしてからの一五年間の給料は全て家に入れていました。通帳関係も全て母が握っていました。

そのため、僕は自分の給料を使うことが出来ないので副業をするしかなかったのです。

自分専用の銀行口座を作り、ネットや深夜のバイトで収益を生み出して、僕は僕でやりくりをしていました。

父はなんでも出来ると自分の信念を曲げず、結果的に一八回も転職したわけですが家族を路頭に迷わすことは一度もありませんでした。

失業保険なども一度も使わず、会社をやめてもすぐに次へ次へと職種を選ばずに働いてくれました。

父は裕福ではなかったかもしれないけれど、自分なりに責任は果たしてきたという強い信念を持っています。

ただ逆に母は、その中で専業主婦としてやりくりをしてきた自負があるのと、僕に金銭面で負担をかけることはなかったよね？　という母性があります。

普段はとても仲が良いのですが、ちょっとした生活スタイルのズレから、価値観の違いがベースとなり、過去の話を引っ張りだして口喧嘩に発展し、お互いがお互いを傷つけることの繰り返しを僕はずっと見てきました。

洗濯一つで離婚の話にまで発展

性格や価値観という部分を少し脇において男と女の脳の作りというか、介護を通じて目の付け所と言いますか、気遣いの所で、喧嘩の火種についての話をさせてください。

まずは洗濯の仕方です。母は床を拭くタオル、台所で使うタオル、あとは身体拭きのタオル、こういう使い方で洗濯機と手洗いに分けていました。お気に入りのタオルなどもありますよね。

僕は小さい頃からずっと見て育ってきました。

なので、ヨダレ拭きや口拭きに使うタオルを自分の首下に置いておくのが本人にとっては当たり前です。


僕が仕事をしている間、父が体調が良い時は代わりに洗濯をしていたのですが、母の基本スタイル、お気に入りなどを把握していないので、母のお気に入りのタオルを汗拭きに使ったり、また床拭きに使ってしまっていたり逆もまたしかりで、床拭きに使っていたタオルを口拭きに使おうとしていたので、もうめちゃくちゃ怒っていました。

父は洗濯をすれば綺麗になるし、そんなに気にすることではないだろうという大雑把な男の考え方です。ちなみに僕もそうです。

ただ、母からすればこれまで洗濯をしてきたのは自分なんだから、自分の言う通りにやって欲しいという強いストレスが出ていました。

父は父なりに自分の役割を果たそうとしているので、そんな細かくまでは……という考えもあり、結局は「僕がやるから大丈夫」でいったん話は終わるのです。しかしまた僕が忙しくなると父が自分なりに行動して同じことを繰り返して喧嘩になるので、我が家に一番よく来てくださるメインの訪問看護師さんが間に入って「お父さんの気持ちも分かるけど、ここはお母さんが言われることを最優先してストレスがないようにしてください」ということになりました。

ちなみにこれは元旦の日に起きた大喧嘩で、洗濯の話なのに離婚の話までに発展しました。

いやいや、なんでそうなるの？　と、当時の僕はもう仮眠ばかりの生活の中だったので怒る元気もなく、無言で目をつぶって話を聞いているだけの日もありました。

正直、毎日がいつ消えてしまうか分からない命と向き合う日だったので、夜中に逃げ場を求めて無気力のままでヘルスに行ってしまったこともあります。

ただ、それでも自分が間に入って両親の着地点を決めていく役目を果たさないといけないなというか、二人の日常には僕しかいないので、人生の先輩たちが教えてくれたことを思い出しながら奮闘する日々が続きます。

心配させてはいけないなとFacebookでは元気な振りをするのもしんどかったですし「大丈夫？　何かあれば何でも言って」とメールが来ても、この現実の中で力を借りられる所は一つもありません。

僕の人生、僕の家族の中で起きている現実なので、言えるはずもありません。

そんな中でもたくさんの方が自宅に足を運んでくださって、心から感謝しています。

僕の介護だけではなく、どの介護でも本当に大変です。その中で洗濯一つを取っても大きな出来事に発展していきますし、お互いストレスになってしまいます。

だからこそ、普段から感謝を伝えるということはとても大切なんですよね。

こういう中で女性の立場や目線を学びながらやってきた男として言えるのは、「女性って男性が気づかない細かい所まで、いつも気遣っていろいろなことをやってくれている」ということ。

それが、僕たちにとっての当たり前の生活の土台を支えてくれていることです。

本当に女性って凄いですし、感謝しかありません。

食事の準備が本当にしんどかった

はじめの方でお話しした通り、僕は味噌汁一つ作れないし、りんごの皮むきも出来ませんでした。小さい頃からしつこく両親からは、食事や手作業について言われ続けてきたのですが、仮に一人になっても外食がある、コンビニがあるから大丈夫と呑気なものでした。

僕自身が生活習慣病になりかねない所からの勉強となりましたので、もう少し栄養についてては学ぶべきだったと思っています。それでも、ある意味で諦めてしまっている親のために、僕なりに食事についても真摯に向き合うようにしていきました。

介護の中盤まで一番時間を使わないといけなかったのが、三食の買い出しと準備・片づけでした。

また片づけても、二時間ぐらい経過すれば次の準備をしていかないと間に合いませんので、食事が僕の中では一番時間を使いました。

がんに関する専門書や管理栄養士さんの本やネットの情報を見ると、この食べ物は発がん物質があるからダメとか、これはがん予防に効果があるとか、ブラックコーヒーは一日何杯なら健康に良い、ＤＨＡ・ＥＰＡは重要だ、オメガ三脂肪酸が良い、必須アミノ酸の中でも特にＢＣＡＡが必要だ、とか。

肉などで言えば国産牛は日本で三カ月以上肥育されたことを指していて、生まれた所が日本じゃないからダメで和牛にした方が良いとか。

酵素ドリンクが身体に良いと言われても果物の○○はこういう成分が実は含まれているし、結局は果糖が含まれているのでがんの餌になるから良くないとか。

黒にんにくは熟成された方が良いとか、ハチミツはプロポリスの含量が重要とか、ヨーグルトを食べても腸まで届いていないものがほとんどとか。

情報の精査に困るほど本当にたくさん書かれています。

当時は資格も何もないので親の回復力をアップさせることだけを考えて、毎日リサーチしながら重要なページを、「お気に入り」にしていました。

全国から無農薬の果物、野菜を取り寄せる毎日

また食事方法も有名なゲルソン療法からはじまり、バランス良く一日三食派、消化

活動を休ませるための二食派、ベジタブル中心、玄米菜食、ケトジェニック、糖質制限などいろいろありますが、がんに絶対法則というものはなく、これが良いといっても、こういう成分が足りないからダメ、糖尿病も患っているなら、まずはこっちからなどたくさんあってプロでも難しいと思います。

だからこそ、専門家が伝えてくれる共通部分を模索しながら自分なりに見い出していくしか手段はありませんでした。

ただでさえ、食事を用意するだけで困難な状態の上に、食べ物の選び方、成分の見方など、ぶっちゃけ極論まで突き詰めてしまうと、良い環境で育った無農薬じゃないと、がんの場合、スーパーにあるもの全てがダメなんじゃないか？　と思えてしまうぐらい神経質になってしまいます。

実際、当時の僕はかなり食事に対しては神経質になって、全国からネット通販を通じて無農薬の果物や野菜を取り寄せることを繰り返していきました。

少しでも良い食材を手に入れるため、ありとあらゆる生産者さんにメールを送って依頼をしたり、定期便はお願い出来ないか？　などを家の諸事情を話してお願いもしていきました。

どうしても季節的に手に入れるのが難しい時は、医師が推奨する冷凍された状態で出荷される健康ジュースや、無農薬のゴボウ茶など少しでも栄養が取れるようにと、出来ることはなんでもやったつもりです。

一日何回、我が家には配送便が届くのか？　と近所さんが驚かれていたと思います。冷蔵庫も一台だったものを保存用にもう一台購入したり、洗い物を分けるために洗濯機を買ったり、全てが手探りの中でダメな自分なりにいろいろと取り組んでいきました。

毎日、仕事と介護の合間を削ってリサーチをしてきたお陰で、食事に関しては詳しくはなれました。

仮に素人で細かい成分までは分からなくても、人が生きていくためにたんぱく質が非常に重要だということ、また体の中で生成できないもの、例えば必須アミノ酸の一部や、食べ物から積極的に取らないといけないオメガ3などは基礎ベースとして誰でも学ぶことは可能です。

また少しだけ、がん関連の中でも食事中心に書かれてある本を読めば、さらに理解は深まると思います。

繰り返しになりますが、食事だけでがんを治すという偏った考えは良くない、玄米ですらもダメだという方もいますし、肉だけ食べていれば人は死なないという方だっていますし、小腸まで届いたらもはや何を食べたかなんて関係ないという方だっています。難しいですよね?

難しいのですが、食べ物の栄養素を表面的にでも知ることは、自分のこれからのためにも大切です。

今死んでもいいからこれを食べたい母、少しでも回復させたい僕

ただ別の章で僕の経験としてお伝えしておきたいのですが、何を食べてきただけで絶対的な生死が決まるのではなく、栄養成分を行き届かせることが出来ているかの方が大事だと、僕が調べに調べた結果と介護をしてきた中では思っています。要は血流の方が大事ということです。

このように食事の方でも僕は右往左往するのですが、両親ともに治りたいのではなく、もう生きられるまで生きればそれで自分たちはいいという考えが強かったので、当然ながら先生たちは親たちに対して何を食べても良いと言われます。

医療従事者に何を食べても大丈夫だよと言われているので、僕に対する口撃も強く

ですね……。

この食べ物は少し抑えようね！　と伝えても「いや、先生たちは何を食べてもいいと言った」とか、先生たちがいる時に「息子がこれはダメ、あれはダメばっかりいって困っている」と言う始末です。

特に母は今死んでもいいからこれを食べたい、あれを食べたいのオンパレードで、僕が買い物に行っている間に、父とこっそりお菓子を食べまくって、夜ご飯を作ってもほとんど食べない日なども多かったのです。

僕と両親との意見が違うのは分かっていても、僕は親が思っているように「生きられるまで」ではなく、在宅介護を通じて少しでも「身体が回復するように」望んでいたのでしんどかったのです。

ただ少しでも何とかしたいだけなのですが、後悔したくないからという僕の自己満足に過ぎないのかと、毎日悩みながら介護をしていました。その中で食事を通じての喧嘩もかなり多かったのです。

リハビリに対する想いも、すれ違いで大変

訪問される先生も言われていましたが、健康な人でも、ずっと一週間寝続けていたら筋力は落ちて起き上がりにくくなるのだから、ほんの少しだけでもいいから身体を動かしたりマッサージなどもしてもらうといいよと……。
ただ、当の本人が「おだん（私）はこの介護ベッドがあるし、楽だし、おむつの処理は息子がするから、運動しなくても大丈夫」という運動嫌いがここでも出てきます。

リハビリに関しても僕はもちろんのこと、理学療法士さんもあの手、この手と伝え

方を変えたり自分なりにアイディアを出して提案したりするのですが、これがまた難しかったのです。

血流を良くすることが大切

食事の用意、買い物、おむつの処理、洗濯、掃除、そして仕事……これらをこなしながらリハビリに時間を使わないといけません。なぜならがん患者にも血流を良くすることがとても大切だからです。

もちろん、僕は医療従事者ではありませんので、絶対そうですとか、絶対に効果がありますとは言えません。

ただ、自分の実体験と専門家が言われている部分を照らし合わせて見ると、血流を良くするということは、あえて言いますが、絶対に重要だと思っています。

素人なりに、親の命が削られていく中で、僕も自分の命を削って介護と向き合ってきました。

なので、がん関連の本は一〇〇冊は軽く読んだと思います。ネットで調べた時間もほぼ仮眠だけでやってきたので半年間分の時間は調べてきたと思っています。

手足の一つ一つの爪もみ

僕は専門ではないので手技は出来ませんが、マッサージは出来ます。第二の心臓と言われているふくらはぎのマッサージなども、もちろんやっていました。

ただ僕が時間をかけてきたリハビリは母親の手足の一つ一つの爪もみです（リンパ球を減少させない、副交感神経の活性化、睡眠にも影響）。

これは調べてエビデンスがあることを確認して地道にやりました。

爪の生え際を刺激すると良いと言われていますが、指全体を刺激する方が良いらしいのです。僕は、指全体の方が家族全員体温の変化を感じたので、そちらの方を選択しました。

ただ、重要なのは手の指だけではなく足も行うことですね。一つの爪に何秒、何回という法則はありませんが、手だったら手首あたりが何となく温かく感じるまで、足なら足首あたりが温かく感じるまでです。

そこまで「感じるまで」やらないと（個人差はあるのですが）体感は出来ないと思います。

だから時間が掛かりました。

ただ、薬指だけは交感神経を刺激すると免疫が低下してしてしまうという東洋医学のデーターもあるそうです。

そこはちょっと判断が難しいというか僕は避けてきたつもりです。

母が食事やリハビリを通じて元気になりはじめてからは、自分で指をやってもらい、父には、足湯を用意して足を漬けてもらいながら母のふくらはぎや足の爪のマッサージを頼んでいたのです。

父はテレビを見ながら適当にもんでいると言いますか、どこを見てマッサージしているのか分からないぐらいの適当さが見受けられることが多く、命に対する真剣さが見えないので僕も腹が立ってしまい、そこから父と口喧嘩になることも多かったのです……。

母のがんは父のせいではないか？　と思う時も

母の乳がん末期が発覚した後、父自身も直腸がんの末期となってしまい、一人っ子の僕が両親二人の余生を引き受けることになっていくのですが、そもそも母がそうなったのは父のせいではないかとさえ、口喧嘩になる度に思うことがありました。

基本的にうちは三人家族で仲は良いのですが、父のことではいろいろな思いがあります。

父の話をすると、一つ筋が通ったカッコいい男ではあります。

弱い人を守ろうとする所や自分が受けた恩は必ず返していくということがあります。

昔、人気番組だった『はじめてのお使い』を見るとすぐに泣いてしまうというギャップもあって、僕も父としての責任を果たしてもらって感謝していることはたくさんありますし、人間としての素晴らしさも知っています。


最後の仕事はビジネスホテルの夜間専門として働いていたのですが、眠くても家に戻れば、車の運転ができない母を買い物に連れていき、重い荷物は自分が全部抱えていくという優しさもたくさんあります。

なので、僕は父親としても、人としてというか男としての尊厳も持ってます。

ただ、人の意見を受け入れきれない未熟さもあります。

簡単に言うと、そうだね、なら次からそうしてみよう、が出来ません。

団塊の世代で生きてきた頑固さがあり、変わるという意志がないのです。性格だから変えられないと言います。ただ考え方は変えられるものです。

そんな中で一番男としてダメだなと思うのがお酒が入って口論になってくると、いつも母に手を出してしまうことです。

そして約束を平気で破ってしまうことです。

反面教師としては、絶対にこういう男にはならないと思うようになったので、自分自身に対しては感謝の念を生み出せるのですが、母からすれば、そうは思えないはずなのです。

僕が母のお腹にいる時、思いっきり母のお腹めがけて蹴ろうとしたんです。母はとっさに足でかばったらしいのですが、ふとももは青タンが出来て数カ月消えなかったそうです。

母に馬乗りになって、両手でビンタしている姿も小さい頃に見ましたし、家の周りにある庭の手入れを夫婦でしている時に口論となり、はさみを母に投げつけて手に刺さって縫う羽目になったり、家の中でガラスの灰皿を投げつけたりと散々でした。

僕も小さい頃、家のそばにある池の大きな木にロープでしばられて夜ご飯抜きとか、何か悪いことをすれば、例えば万引きや喫煙などは友達の前でも殴られて、家に戻れば座敷の広い所で引きずりまわされて、殴る蹴るの繰り返しということもありました。

文句を言って外に逃げようとしたら二階からビール瓶を投げつけられたりなどもあります。こういう後片づけなども全部母がやっていました。

僕の場合は自分が悪いので子供として受け入れますが、母の場合は違います。女性です。

何より自分の信念を曲げずに職を変わってきたわけですし、母は社会で生き抜く能力に自信を持てず、専業主婦として一生懸命辛抱をしながらやりくりしてきました。

父の母である姑との仲でも、かなり苦労をしていましたが、それでも辛抱を続けてきたのです。我慢の限界を超えるなら離婚の選択肢もあって良かったと思います。ただ、それでも母は辛抱してきたのです。

いろいろと思い返すと、こういうストレスの蓄積で母はがんになってしまったのではないかと思うことが多くありました。

逆に父はがんになるまで三六五日、一度も酒をやめることがありませんでした。胃が少し痛む時には、タバコだけ吸います。

最初は糖尿病の疑いなども持たれましたが、体質的にアルコールを分解する力が強く肝臓などは正常値でした。ただ、昔からお腹をくだすことが多かったみたいでした。

おそらく、これまでのことも含めて父としての最後の責任を果たすために、母の介護を夫として決めたのは、母への償いもあったかもしれません。

しかし、そう思った矢先に自分もがんになってしまいました。

実際はどんな気持ちだったのかなと思います……。

口喧嘩の時は母にも「あんたがしっかりしておけば……」と言われてることも多くなりましたし（確かにそうなのですが……）、ただ、それでも長年寄り添って、自分に付いてきてくれた感謝は絶対にあったはずだと思います。

人にしてもらった恩は大事にするのですが、父は平気で重要な約束を破ってしまう所があります。

前にお話しした手術の立ち会いで大阪の叔父と叔母が説明を聞いてから外に出る時に、ＮＧと言われているのにこっそり外に出てタバコを吸っていたそうなんですね。

叔父と叔母はその姿を見て愕然とし、涙をポロポロ流しながら、僕に残念でならないということを言ってました。

本来ならば、父側の身内が僕の代りに立ち会うべきなのに母が迷惑をかけているからと、七〇後半の高齢の夫婦が父のために、僕のために来てくれているのです。もうこの日ばかりは怒りを通り越してこれまでのことも重なり、僕の中で憎しみに変わって、今すぐ病院の父のところに怒鳴り込んでやろうとさえ思いました。

父に対する感情の大爆発

この時は母や叔父、叔母に泣きながら説得されたのでやめられましたが、この感情自体は母が昏睡状態手前の亡くなる二日前に、叔父や叔母の制止も聞かず一人の人間として僕は大爆発します。

それはなぜかと言うと、手術も終わり三週間後に退院してきたのですが、その後もしばらくはタバコはダメだと言われているのにも関わらず、朝のゴミ出しに僕の代わりに行っても往復五分もかからないはずなのですが、一五分ぐらい経過しても一向に帰って来ないのです。

母が「父ちゃん、倒れているかもしれないから見てきて！」と僕に言うので急いでゴミ出し場に向かうとゴミ捨て場の所で美味しそうに吸っているではないですか？
「人に介護を任せよった分際で何しよるとや！　コラァ！」と言おうと思いましたが一瞬、母の姿が頭をよぎりました。

三週間前の父の手術開始時間と共に無事に終わるようにと母が昼ご飯も食べずに、ベッドから手を合わせて手術が終わる六時間半、ひたすら父の回復を願い続けていました。
それを思い出したら、もう父の行動に呆れ果てて怒るだけ無駄な気もしてしまい、僕自身がやるべきことだけにしようと思えたのです。

その二日後です。朝は自分で何とか父は起きてこられるのですが、起きてこないので、おかしいなと思って部屋に入ると、汗びっしょりになって、目もうつろで朦朧《もうろう》として脱水症状みたいな感じになっていました。

訪問看護師の方も原因が特定できず、すぐに救急車で病院へ直行です。

本人は腰が一番痛いと言っていて、一日経過しても特定の診断が出来ません。

起き上がることさえままならず、身体全身に激痛が走るとのこと。

ただでさえ、母があの状態なのにと心の中で思いながらも診断されたのは、命を脅かす重度の敗血症でした。

あまり聞きなれないかもしれませんが、敗血症はそう簡単に起こるものではないからです。

敗血症は、菌血症やほかの感染症に対する重篤な全身性の反応に加え、体の重要な器官（臓器）の機能不全が起こる病態です。

おそらく術後からの免疫低下で何かしらの菌が身体全体に炎症が広がり、低ショックを起こしていたのだろうということ。ほっておいたら命が危なかったらしいです。

いや、だからタバコはダメってことだろ？　と本当にストレスしかありませんでした。

「あたしは父ちゃんを恨んだことは一度もない」

こういう風に覚悟を決めた中で僕自身は介護によって追い詰められていくことになるのですが、やはり最後の最後は母が僕に大切なことを教えてくれていくのです。


「どんな父親でも、今のあなたの父親は父ちゃんしかおらん」

「父ちゃんと過ごせるのは今しかない。きつくても今を大事にしなさい」

「父ちゃんがいなかったら、今のあんたもおらん、悪い所だけを見ちゃいかん」

「あんたが小さい時、父ちゃんもそうやってあんたを育てるために職を選ばず苦労をしながら働いてきた」

「父ちゃんが小さい時は、今のあんたよりも何倍もしんどい思いをしてきている」

「あの人はダメな所もあるけど、あたしは父ちゃんを恨んだことは一度もない」

「あえてダメな所を見て、自分が父親になったらそうならないようにすればいい」

「今はその勉強を、親の命と向き合いながらしていると思いなさい」

「今の経験はあんたが親になってから必ず役に立てるから」


何度も同じことを言われてきました。もちろん分かります。

ただ、当の本人がそういう行動を日頃から心がけているのか？　と僕の頭の中では葛藤の方が多くなっていた気がします。

許したい、分かり合いたいと思っても本人が変わろうとしているのか？　それがどう考えても見えなかったのです。

◆介護は怒りや苛立ちの感情を抱いたままでは出来ないからこそ、私生活・習慣の中で自分を磨いていくことが大切
◆過去を見ながら今の現実を見ないこと。今の自分が過去を決めていると知る
◆人生に起こる意味付けは、自分自身をどれだけコントロール出来るかが重要

4章　末期がんに三大療法は果たして正義なのか

僕は抗がん剤に対しては反対

一番はじめに、がんはとにかく賢い、医師ですらも難しい難題なのだから……。絶対法則はないとお話ししました。

その中で僕は両親二人の想いとは裏腹に、身体を治すことは出来ないかもしれないけど、いろいろな手段で回復させていくことは出来る、と覚悟を持って介護をはじめていきました。

母は標準治療と言われている三大療法（抗がん剤・放射線・手術）全てを拒否して、自分の命を通じて、介護を通じて僕に、数々のことを学ばせるためにもその道を選んだと思います。

だからと言って、本音は三大療法に臨むつもりだったのかというとそうではなかったのです。

そもそも女性として髪が抜けたり辛い想いをしてまで寿命を延ばさなくていいという考えでした。

父は直腸がんの摘出、放射線治療はしましたが、基本は母と同じ考え方です。なら、この介護を通じて、一〇〇冊前後の書籍で学んだことを通じて僕はどう思っているのかをお伝え出来たらと思います。当たり前ですが正解、不正解などはありません。

末期がんの両親を、三大療法メインではなく介護してきた中で、そして、いろいろな本を読み、ネットで情報を得た上で僕が自分なりに結論を出したことがあります。

僕自身は、がんだから三大療法が絶対必要という考え方ではありません。特に抗がん剤に対しては反対の方です。

母が亡くなってから二〜三年の間で僕の大切な人たち、恩人のご両親や人生の先輩、仕事の後輩が、がんで亡くなっています。

全員、抗がん剤を一度ではなく定期的に投与されていたという事実。

つい、この間までまだ元気だったのに……です。共通項目として多いのが、容態が「急変した」ということ。

何となく分かると思いますが、抗がん剤を使用すれば他の臓器にも影響して、身体全体の免疫力が低下して弱ってしまうからです。

健康な細胞にも影響するからこそ副作用が出てきます。

副作用と簡単に書いてしまうと伝わらないかもしれませんね。

例えば抗がん剤って、赤血球を減少させてしまうので貧血にもなりやすいです。

赤血球だけではなく白血球も減少するので感染症も出やすくなります。

個人差でいろいろな臓器、皮膚、神経などに影響します。

また、これまでの健康状態やどのタイプの抗がん剤を使ったか、また他のも使ったのか？　など、副作用に対する薬なども複雑に絡みあうので、回復の度合いも違います。

また進化しているといえど、抗がん剤の種類によっては他のがんを発症させることだってあります。

仮に延命できたとしても、抗がん剤による影響が他の臓器に生涯残り、ＱＯＬを維持しにくい状態のままで生きないといけないことだってあります。

もう書き始めたらキリがないぐらいです。

今は分子標的薬といって、がん細胞が持つ分子を攻撃するものもあります。

しかし、当然ながら重篤な副作用はあります。

そもそも調べていくと日本は抗がん剤の専門医（がん薬物療法専門医）がまだまだ少ないことも知っておいてください。

日本ではがんの五年生存率は九〇％とも言われているのですが、本当にそうなのでしょうか？　生存率は完治率ではありませんので……。

さらに同じ所へ再発した人、別の所に転移してしまった人がこのぐらい含まれていますというデーターは存在していません。

高齢化社会だからこそ、国が分かった上でそうさせているとしか考えられないとさえ思っています。


会社にも教育マニュアルがあるように、病院にも治療マニュアルみたいなガイドラインが存在します。保険診療の場合はこれが基準となるそうです。

でもですよ？　テレビなどでたまに見かける「がん治療に希望の光が」的な海外の最新医療などは掲載されていないらしいです。

マニュアル通りにやりました。なので仮に亡くなってもそれはその人の寿命もしくは私生活・習慣が良くなかったのでしょうと言わんばかりな気がします。

だからこそ、自分ががんになっても、介護をする側になっても後悔をしないために

無知では絶対にいけないし、鵜呑みも良くないと思いました。

今は、がんに対するコンサルタントもいたり相談センターも存在している時代です。特に抗がん剤については考えた方がいいと僕は思っています。

三大療法が最適な治療なら、なぜ日本人のがんで亡くなる人が増え続けているのでしょう

抗がん剤は薬ではありません。劇薬の部類に入ります。副作用が少なくなった、劇的に進化した、とありますが、僕の周りには、そのうたい文句とイコールにはならなかった方ばかりです。

抗がん剤が効いていると言われても、散らばっている小さながんが消滅しているだけで大元の変化は何も起きていないということはよくある話です。

だから、がんマーカーの数字だけを見て何度も抗がん剤を投与していけば、身体は

その抗がん剤に対して耐性を持ち始めるので効かなくなり、別の抗がん剤に変わります。
ただ、あくまで他の臓器、健康な細胞がそこまで耐えられるならの話ではないでしょうか?

抗がん剤で治った方もいると思います。ただそれはその人が持つそもそもの免疫力が強く、本人の意志の強さなども踏まえて成り立つものではないかと思うのです。「効果の実証があるからこそ、保険適用になるわけです」と言われる医師の方もいますが、三大療法の効果って、人の生活の質は含まれていないと僕は思っています。

あとから訪問してくれていた先生から聞いたのですが、うちの母の状態はがんマーカーでは計測不能ぐらいの状態だったそうです。
それでも介護の間は寝たきりにはなりましたが、三大療法をしなくてもその時のQOL(生活の質)を保って元気になりましたし、ご飯もしっかり食べられていました。

三大療法が、がんに対して最適な治療ならば、なぜ特に日本だけが年々亡くなる方が増え続けているのでしょうか？

また八〇歳以上にあたる高齢者が、他の病気で亡くなられて身体を解剖したら、がんがたくさんあった。だけど三大療法は何もしていないわけです。

年齢と共に免疫機能が落ちて、がん化したけれど共に生きたということでしょう。

海外では日本の何倍も、何十倍もいろいろな抗がん剤が既に使われていて、抗がん剤を使わない別の治療も進んでおり、亡くなる方も減っている傾向だと言います。

既に治療実績がある薬でも、国が承認していないだけで保険の対象とはならず、自由診療扱いになる。それすらも効果の実証がない怪しいの部類に入るのでしょうか？

つまり、ＴＶで紹介されている新しい治療方法や薬が世に出るまでに時間がかかるのは、臨床試験の期間と経過、その他の関門がたくさんあるので海外よりも遅れているということです。

三大療法をしてどれだけ完全に回復したという割合がどのくらい存在するのか？ きちんと国に示して欲しいぐらいです。

こんな話もあります。

もしも病院の医師ががんになったら抗がん剤やりますか？　と尋ねられたら、やらないと答える方が九割……。それなのに患者には勧めるのでしょうか？

また以前、がんセンターで働いていた医師の本を読んだ時に僕は愕然としました。

医師は神様ではありません。だから人の寿命が分かるはずもありません。

ただ、抗がん剤だったら、このぐらいは身体が耐えられるだろうというある程度の予測が立てられるから余命宣告が出来るのだと……。

これで終わりではありません。

だから、親族の方には例えば今の状態なら二カ月ぐらいは大丈夫だとしても、一カ月と伝えて一カ月以上延命した後にお亡くなりになられたら、家族の方も病院や先生たちのお陰でとなるのでと……。

だからこそ自分は開業して総合診療が出来るようにした、とありました。

こういう内容を知った時に会社で起きるクレーム対応と変わらない感覚に陥りました……。

もちろん、僕の価値観でお伝えしているのでそれが全てだとは言いませんが、少なくとも僕が訪ねた大きな病院ほど、三大療法をしないとすぐに死にますよ、的な物言いにしか聞こえませんでした。するのとしないのと比べてたら、このぐらいは生きられますねという感じです。

その後、セカンドピニオン、サードピニオンとしていろいろと話を聞きに行った時の先生たちも、本当に驚くほど、がんについては基本は三大療法しかなくて、やるのとやらないのでは、ほぼ同じ説明だったんです。

営業ノルマみたいに三大療法を勝ち取らないとダメみたいな感じで、半分脅しにしか僕には聞こえなかったというのが本音です。

ただ、先生たちがこういう淡々とした状態になってしまうのは、先進国の中でも日本の医師数が少なすぎるからなのでしょうか。

疲れた顔で冷たい物言いになってしまうのも、医師も人だからと承知しないといけないのでしょうか。

僕は三大療法の中で、放射線の場合はどうかと言われたら、臓器に当てるのも抗がん剤と同じような考え方です。

ただ、放射線治療は骨にがんが転移してしまうと強い痛みが出るので、骨の痛みを緩和させる効果があるのは事実のようです。

うちの父の場合はあばら骨に転移してしまったのですが、一五回の治療でその後は今に至るまで一度も痛みは出ていない状態です。

その後、骨シンチ検査は行っていないのでどうなっているのかは分かりませんが、認知症は患っていますが、元気にしています。

後悔のないように自分たちで調べて、どう生きるかを決めるべきではないでしょうか

手術はどうかというと部位によるのではと思っています。

父の場合は直腸で、腫瘍が邪魔をして便自体が強力な下剤を使わないと出ないぐらいの状態でしたので、こういう状態なら手術しかなかったのではと思っています。

ただ手術をすると、小さながんや目に見えないがんが大きく広がってしまう怖れがあるとも言われています。

父の手術後は当たり前のように、「抗がん剤を服用しながら再発予防をしていきますか？」と言われましたが、大腸関連のがんの場合、抗がん剤の効果は期待できないという共通因子と思える内容をさんざん見てきたので「本人が抗がん剤はしたくないと言っているので、うちは大丈夫です」と断りました。

そうしたら「再発の可能性が高くなるかもしれませんよ？」と言われたので、「失礼を承知の上でお聞きしますが、服用して他の健康な臓器が悪化したらどうするんですか？」と尋ねました。

すると「だからこそ定期的な検査が必要なんですよ？」という回答でした。で服用する上での懸念も含め、再発・転移の検査をするのか？　と思いましたので、父の意志を尊重して僕の介護を通じてそうならないようにしようと改めて思いました。

もう一度、両親二人の末期がん介護をさせてもらった人間としてお伝えしておきますが、がんに対する治療はあくまで目に見えているものです。

そして命を助けるという目的は変わりがなくとも本人はもちろんのこと、家族も含めて、極論、変わり果てた姿になってQOL（生活の質）も大幅に落ちて日常生活に大きな支障が残ってでも、命だけを見て三大療法だけにこだわっていくのか？完治は望めなくても苦痛や不便さがなく、三大療法だけを行うとしても別の方法も取り入れながら、がんと共に無理なく過ごしていくのか？　それらも全て含めて決断をするべきではないか？　と僕は思います。


僕はがんとは人間である以上、ずっと一緒にあるものだと思っています。

なぜなら三大療法をするもしないも、目に見えない小さながんは多数存在していま す。

それは冒頭でもお伝えした通り、健康な人間にも存在しているからです。

うちを訪問してくれた先生だって、お母さんは無理に抗がん剤などしなくてよかったのかもしれないと母の健やかな顔を見て言っていたぐらい、母は僕のためでもありますが、自分が後悔がなくどう生きるのか？　をしっかりと決めていたのだと思います。

もちろん、必死で患者と向き合う医師の方もたくさんいると思いますし、日夜努力を惜しまずに頑張ってくださっている方も数多くいるはずです。

だけど、医師の方だって人間です。

医師不足の中で病院を会社の組織と考えた時、組織の中で生きるために、どうしても業務的な形になってしまうのも分からなくはありません。

その中でがんとの向き合い方について、もう治らないと思っている方や、延命したいなら三大療法をするしかないでしょ？　という方もいれば、ＱＯＬよりもとにかくがんをやっつけようという方もいるかもしれないし、がんと共に生きることも大切ですよ、という方もいるかもしれません。

全ては後悔のないように生きるために、情報はあふれていますから。
だからこそ、自分の人生、家族の人生ですから自分たちで調べてどう生きるかを決めるべきではないでしょうか？

そもそも、がんは悪者なのでしょうか？

◆がんに対するアプローチは三大療法が絶対的正義ではないのでは、と考えてみる。
◆重要なことは日頃から事前に調べていくことを習慣化させること。
◆医師数も足りていない現状と医師の信念により、提案方法も変わることを知っておくこと。

ひょっとして、がん細胞自身は人間に何かを教えようとしてくれているのでは？

両親二人の回復のために介護と仕事をしながら、僕はがんについて日夜真剣に調べていきました。

基本的にがんの存在は一〇〇パーセント「悪」だとみんなから思われているのです。だけど、繰り返しになりますが、健康な人の身体にも一日数千個のがんが出来て免疫細胞（白血球やリンパ球など）が退治していく。

それがベースにある中で、突然変異をおこしてがん細胞の分裂・増殖が止まらなくなって一〇年〜一五年の時間をかけて腫瘍としてがんが検査で見えてくる。

本当にそうならば、全身の臓器のいたる所にがんは出来るのではないのか？

一〇～一五年という月日をかけて検査で分かるぐらいのがんが腫瘍となって早期発見とされるわけです。

けれど、手術の時には存在していなかったがんが、同じ所に短期間で再発したり、検査の時には見えなかったがんが別の所に転移という形で再発したり、数カ月後、数年で出来てしまうのはなぜでしょうか？

多くの方は術後は抗がん剤で予防をしているのに。

なぜ？　検査で分かるまで一〇年～一五年の期間を通じて分かるぐらいの大きさになるのならば、なぜ短い期間の中ですぐに分かるぐらいのがんにまでなるのか？

強制的に何かをしようとするからではないのか？

当たり前に言われている分裂・増殖をするのなら、誰もが一気に末期がんになるはずなのでは？

一般に言われているベースの考えに対してもっと自分の身体に対するアプローチを変えないといけないのではないか？

消えかかりそうな親の命が目の前にあるからこそ、僕は当たり前に言われている「常識」について別の角度から考えていくようになりました。

ひょっとして、そもそもの考え方が違うのではないかと……。

身体の中で悪者とされるがん細胞自身は、人間に何かを教えようとしてくれているのではないか？

そんなことを考えるようになっていったのです。

自分の身体の中で生まれる細胞に対して抗がん剤でがんを叩くとか、放射線で焼く、手術で切り取ろうとするからこそ、がん細胞はそうじゃないのに……と怒ってくるのではないか？

母が自分の人生を、死からみた生として考えて僕に教えてくれたように、生からみた死という考えでがんと向き合うのではなく、死からみた生で考えることの方が重要なのではないだろうか？

がんになったということは、これまでの生き方と決別し、新しい生き方や考え方を取り組むべきなのではないのか？

こういう所を軸にしながら僕は調べ始めていくことになります。

僕の考え方を柔軟にしたニキビ&アトピー問題

なぜ、こういう柔軟性を持って考えるようになったのかと言うと、僕は高校一年生になったあたりから、ニキビとアトピーに悩まされて、一五年近く苦しんできたからでした。

長年、皮膚科で処方される薬、塗り薬を続けても治るどころか悪化していくばかりでした。

過剰なぐらい洗顔も行い、化粧水や、美容液などをつけても全く効果がありません。アトピーもお尻近くにあって、一部分がサメ肌になってステロイドを処方されてもなかなか治ってくれません。

ただ、こういう風に治らないと書いていますが、タバコの量、偏った食事、寝不足、過剰な睡眠、運動不足などは全く変えておらず、こんなの皮膚科に行けば治るでしょ？　ぐらいの感覚だったんです。

でも、結局は僕の顔は皮膚科に通い続けてもニキビが悪化していくばかり。一〇代で治ると思っていましたが、どんどん顔はニキビで赤みを増し、最後はデコボコになるクレーター状のニキビ跡になっていきました。

二〇歳ぐらいには治るだろうと思っていましたが、仕事のストレスやプレッシャーも加わりはじめ、さらにホルモンバランス変化や肌のセラミドの減少、肌のターンオーバー時間も変わり出すので二〇代から肌質も老化しはじめます。

私生活習慣に関しては一〇代後半とあまり、変わっていません。

ニキビ跡までひどい状態になってしまうと、肌の奥にある真皮という部分が傷ついてしまっているということなのですが、真皮の上にある表皮の部分は自分で回復しようとする力をもっています。

ただ真皮にはその力がないので、ニキビでここまで傷ついてしまったら基本は治らないと言われています。

もちろん、今はレーザー治療も発達していると思いますので、治らないことはないかもしれませんが、完全に元通りは難しいと思います。

ニキビ跡だけではなく、僕の肌は繰り返し炎症を起こしているので、簡単に言うと毛穴自体の形が変わってしまっています。

そこに皮脂が溜まりやすくなって細菌が入り込みやすくなる。そこでアクネ菌が皮脂を食べてまた炎症が悪化していく。

そこまでいくと今度はニキビ跡だけではなく、ニキビがケロイドみたいなしこりになり、僕の首下まわりに出来た、たくさんのニキビはしこり化していったんですね。


ニキビ跡だけでさえ根治は難しいと言われているのに、頬はニキビ跡になって、首まわりはしこり化して……。

しこり化したニキビは表面から薬を塗っても何も変化しません。

僕はもう薬を飲み続けているので耐性が出来てしまって効果もでません。


結局、私生活習慣を変えようとしない僕が決めたのは、しこりを切り取る選択でした。

理由は、仕事が接客業や営業なのでお客さまをはじめ、友達にも変な気を遣わせたくなかったからです。

三センチぐらいのしこりニキビがボッコリ出来てしまったので、これだけは手術で切り取ってもらいました。綺麗な肌を夢見ていました。

ただ、残念ながら切り取ったはずなのに、また切り取った傷跡がケロイド化しました。

なんで？　手術で切り取ったでしょ？　なんで同じ場所に出来るの？　手術した意味ないやん？　僕はここから決断します。


ニキビに関してはもう皮膚科に頼らないようにしようと、全ては自分が悪かったのだと認めようと決めました。

皮膚科に頼まず自分の力で治した

がんと同じ基礎ベースがある中でニキビの話をしたいと思いますが、誰でも白ニキビぐらいの吹き出物は出来たことがあるはずです。

進行具合としては白ニキビから黒ニキビになっていきます（ここまではまだ炎症のないニキビ）。
ただ、赤ニキビや黄色ニキビ、そして化膿が続いていくとニキビ跡やしこりになります。一般的に言われているのはこんな感じです。

ただ、炎症を繰り返してきた当時の僕の肌は、基本の進行具合のようにはなりません。いきなり突然、赤ニキビの状態からぼこっと顔や首にこれってニキビですか？　と思うように腫れあがった状態で出来る時もあるし、なんかこのあたりに出来そうだなという前兆を感じて出来る時もありました。

赤みを帯びたニキビ跡、そしてケロイドみたいなしこり化……これらは基本的には治らないと皮膚科でも言われています。
また、そもそもニキビを速攻で治すということも難しいわけです。

これって、なんだか「がん」と似ているなと僕は思ったんです。

皮膚のがんとしてメラノーマというある意味一番恐ろしい皮膚がんもあるのですが僕は一般的に言われているニキビ跡、しこりは治らないという定説をくつがえして、自分の力で治しました。

エビデンスがなくても自分の力で治したのだから治したと言い切ります。事実なので……。

皮膚科を否定しているわけではありませんし、皮膚科が悪いとも思っていません。僕自身が僕自身の私生活を疎かにしていた部分が根元にあるということです。

それらを意識して食事、機能性食品などを利用していきながら、あんなにデコボコしていた赤みがあるニキビ跡も皮膚科にも行かず、レーザー治療も受けず、九割方は綺麗になりました。

そして、首にあったしこり群も一つだけ残っていますが、あとはほとんどありません。

手術して切り取ってケロイド化したしこりも、少しだけ薄く傷跡は残っていますが、綺麗に消えてなくなっています。

ニキビもがんも「大切なことに気づけ」とメッセージを送っている

なんで自分の顔ばっかりに出来るんだ？　なんでこんなに悪化していくんだ？　皮膚科に行っているのに、薬も飲んでいるのに、ちっとも良くならないじゃないか？　と当時の僕は思っていました。

だけど、違ったんです。ニキビが僕にメッセージを送っていたんです。これは食生活だけではないんです。食べ方をはじめ、運動やストレス発散も、身体を温めることも、そして何より笑うことや、今に感謝することも含めて、全体を見直してみようという教えだった気がするのです。

皮膚科はそこまでのケアはありません。単純に脂っこいのや甘いものは控えよう、早い時間に寝ましょうとか、タバコはダメですよ的なことはあります。

仮に他の方が僕と同じ食べ物だとしても、他のことが違うのならば当然ながらニキビの変化も違うはずなんですよね。

生活習慣は人それぞれだからこそ、これらの部分は自分が取り組むべき所なのかなと……。

人それぞれが見直す部分が違うのに、病院で同じような治療を受けたとしても違いが出てしまうのはそれは当然なのかもしれないなどと考えていきました。

だからこそ、僕は特に食事の部分を大幅に変えて運動を取り入れました。

たったそれだけのことを続けただけで僕の肌質は大きく変わっていったんですよね。

自分にとってこの経験があったからこそ、がんに対する基本ベースに対しても疑問を持ちだしたのです。ひょっとしたらニキビの時みたいに共通する所があるのでは？　と……。

がんだからって、すぐに叩く、焼く、切り取るという選択肢をするのではなく、がんは、人間の身体自体は生きようとしているからこそ、生命維持装置としてがん化して今は留まりながら、今こそ生まれ変われ！　そして大切なことに気づけ！　と自分は悪者と言われながらでも、僕たち人間に教えてくれているのではないか？と思ったのです。

◆がんを悪者だと考えず、自分の身体を見直すチャンスととらえる思考を持つこと
◆食生活を見直さない限り薬や漢方の効果も半減すると知ること
◆日頃から自分にとってのストレス発散の手段を、複数持っておくこと

5章　二人を回復させたくて僕がやったこと

野菜にもダシにもこだわった玄米菜食

うちの場合は終身医療というか、終身ケアなので前にお伝えした通り、先生や看護師さんたちはいかに残りの人生を健やかに生きていけるかを第一に、食事に関しては「何でも好きに食べていいよ！」と言われていました。

でも、僕は親を回復させていこうと考えているから日頃からぶつかることもありました。

そんな中で、はじめは玄米菜食にこだわりました。

玄米を数時間浸して、少しだけ炒ってから炊きます。そうじゃないと栄養価が落ちるからです。

昼などは無農薬のゴボウ茶をよく飲むようにしました。

便秘の方にはかなり良いと思います。

また、郷土料理として「いとこ煮」と呼ばれる小豆とかぼちゃを混ぜた料理なども、がんに良いとのことでよく作りましたね。小豆を炊いて、その煮汁でかぼちゃを煮る。かぼちゃと小豆にもこだわり、ネットで取り寄せて時間はかかりますが、作っていました。

シイタケやニンジン、大根にもこだわり、味噌汁もダシからこだわっていきました。炒め物も普通の油ではなくココナッツオイルなどを厳選して取り入れていくようになりました。

ほんの少し前までは、ご飯も何も作ることが出来なかった僕がです……。

改めて女性の立場になって介護をして分かったのですが、作ったものの見た目は良くなくても、僕は料理自体は好きなんだなと。今までに目を向けることがなかったことを経験して、こういう一面もあるのだなと思えるようにもなりました。

やっぱりこれには「まごころ」があって親が元気になる姿を想像しながら作るのでそれが力になっていったのだと思います。

そう考えると、母や女性の方はいつも当たり前のように家族に作ってくれるご飯に対して、僕が抱いたような感情というか愛情を注いでくれたのだと思うと、ご飯を作りながら涙がこぼれることも多くなりました。


玄米菜食にこだわったお陰で、母のがんマーカーは計測不能だったのに、数字は高いですが、下がっているとのことでした。

僕は喜びに満ち溢れましたが、母も、父も、そして僕もたんぱく質があまり取れていないので、少し元気がないみたいな状態だったと思います。


ここから、たんぱく質について詳しく調べ始めたり、血液検査の結果はどこを中心にみるべきなのか？　本やネットを使いながら検証していきました。

血液検査の全てが重要なポイントなのですが、基本は総たんぱく質とアルブミン

（肝臓から合成され腎臓でろ過される）の所はなるべく見るようにした方がいいかなと思っています。

体が喜ぶために、どう食べていくか

基準範囲は総蛋白質だと六・五～七・八ぐらい、アルブミンは三・九以上です。この数字が低いと栄養障害と考えていいとのことです。

なので、がんに負けない身体作りの基本として、身体が喜ぶことを考えていかないといけないと思いました。

つまり、食べるだけではなくどう食べていくか？
そして、どう休ませていくかなどです。
もちろん、僕は食に関しては何も資格がないのでどうこうは言えませんが、体が喜ぶことを考えると調べればいくらでも出てきました。

例えば肝臓のためにＤＨＡ・ＥＰＡなどは必要でしょうし、必須アミノ酸やＢＣＡＡ、亜麻仁油やえごま油などのオメガ３脂肪酸などは身体が喜ぶためにも取り入れていくべきと思います。

当時はここまで詳しくはありませんでしたが、僕のニキビ跡が薄くなって赤みがなくなったり、ケロイド状のしこり化も消えていったのはガラッと食を変えていったからです。

がんを治す！　と気合を入れるのも大切かもしれませんが、介護をしてきた人間の経験上、いつか疲れてしまう気がしました。

そうではなく、身体が喜ぶことをしてあげようという考え方に切り替えた方が積極性は変わってくると思います。

このように僕は一人で右往左往していくのですが、身体が喜ぶことを考えた時、やっぱり休ませることも大切ではないのか？　と深く考えるようになりました。

こういう所もがんって実は悪者ではないのでは？　と思い始めるキッカケの一つになりました。

ただ、それでも届かなければ意味がありません。

これまで何を食べてきたのかで人の体質は大きく変わります。

さらに食べ方、一回五〇回は噛むとか、消化しやすいように野菜から食べるとか、野菜も温野菜にすると栄養が落ちるとかいろいろあります……。

そこからまた調べていくことになります。

女性の方ならよく分かると思いますが、ファスティング（断食）の考え方ですね。巷では酵素を取り入れると良いと言われていたり、がんにも効くと言われている所もあります。

そもそも身体の中には潜在酵素があります。体内酵素と言われることも多いです。

この潜在酵素から代謝酵素と消化酵素に分かれます。

代謝酵素が免疫や肌の老化などに関わるもの、消化酵素は食べたものを消化する役割を果たしていきます。


つまり食べ過ぎてしまうと本来なら消化酵素だけで補えるはずなのに、代謝酵素の力まで借りて消化活動をしないといけません。

そう考えると、食べ過ぎから免疫が落ちるというのは素人でも分かります。こういう状態が毎日続けば……臓器の機能も低下していくのかなと……。

ちなみにうちの母は我が家では言葉は悪いかもしれませんが、残飯製造機と言われるぐらいの食いしん坊でした。


そもそも潜在酵素の優先は消化の方です。次が代謝になります。

なので、酵素ドリンクなどで身体の外から酵素を補給してファスティングを行えばダイエットになると言われています。

「言われています」と書いているのは、個人的に加熱された酵素ドリンクで酵素が取れるとは思っていません。

足りない酵素を外から補給するという伝え方もあまり良くないと思っています。なぜなら酵素って、そもそもたんぱく質ですから、必須アミノ酸などを摂取した方が良いと思いますし、いろいろと、このあたりも複雑に絡みあっています。

また当時から複数の酵素ドリンクを試してきました。コールドプレスジュースなどなら外からの生きた酵素をという理屈も多少は分かりますが、小腸に届くまでどのぐらい残っているのか？

いろいろと疑問は出てくるわけです。これは正しい、間違いなどは別問題として。

また酵素ドリンクに対する誇大広告が良くないのかなと思います。

中には虚弱体質だった人が元気になったという酵素ドリンクもありましたが、両親二人がご飯が入らない時にせめてもと、一本一万円ぐらいの酵素ドリンクを一日三、四回飲ませても両親に対しては全く効果はありませんでした。

またがんに関する食のコンサルタントの方に聞いた時も、酵素ドリンクって結局は糖ですからね……といろいろ話を伺っているうちに、酵素ドリンクを使って親の身体をサポートするのはすぐにやめました。

なので僕自身は介護の経験上、海外で売られている消化酵素のサプリメントを服用しながら、代謝酵素を温存出来るようにして食事の後に家族で飲んでいました。

身体の中を休ませることって大切なんじゃないのか？

今の日本は、三食を規則正しく食べましょうと言われることが多くなりました。

大人が三食規則正しく食べることって少ないですよね？

どれだけ時間が遅くても、三食を意識して食べるべきなのでしょうか？

実際にその固定概念で意地でも三食食べる人も多いと思います。

夜遅くに家に戻って食事、そして四～五時間後に朝食だと、まだ夜の消化活動を行っているのに、朝の分も追加されて消化活動が待っています。

こういう状態の方が昼前あたりから眠くなる傾向が出てきます。

朝ごはんを抜いたから体力がなくて眠くなるではないのですね。

夜遅くからの食事が多いのなら、せめて朝は抜いても良いのではないでしょうか？

もしくは腸内環境を整えるためにも、たんぱく質が豊富な納豆、もしくはバナナやヨーグルトだけでもいいかもしれません。

ただ、腸内環境のバランスも人それぞれなので、絶対的な法則はありません。

なので、僕は父にはヨーグルトは摂らせますが、母には摂らせませんでした。

もちろん、僕はプロではありません。ただ調べていけば見えてくるものがあります。

実際に介護をしているのでこれを食べたらお腹の動きが良いとか、便でも分かるし両親に合ったもの、食べたいものをうまく織り交ぜながらやっていきました。

また臓器を休めることは免疫を上げるためにも重要だということも学べたので、急な断食などよりも、消化活動に対して休憩を与えることは重要だと思います。

なので、介護の時は免疫を上げるためにも、きっちり二二時に就寝でした。

ここに向けて一日中、家の中を動き回ります。

僕は二二時から真っ暗な状態の中で、親が寝ていて急変したりしないかを見ながら、本格的にパソコンを通じて仕事をしていく。そして、椅子に座ったまま仮眠をするの繰り返しでした。

余談になりますが、僕たちの身体は絶えず動き続けているからこそ、消化活動を寝ている以外の時間でも休ませてあげるべきではないでしょうか?

今は三食が当たり前になっていますし、食もかなり欧米化しています。

昔の人たちは和食がメインで一日二食が多かったとも聞きます。

朝起きて、お水や白湯を飲んですぐに働きに出て、お昼ぐらいから、よーし！　ご飯にするかと食べて、少し休んでまた働いて夜ご飯を食べて就寝するという二食家庭も多かったそうです。

この生活スタイルだったら身体の臓器たちを休ませることで、体内の消化酵素だけで活動は出来るのではないかと思います。


歴史を知るというか、昔はどうだったのか？　なぜ急にがん難民が増えるようになったのか？　僕はそれらを考えていくようになっていきました。

また寝る直前にご飯を食べてしまうと、本来休息に必要な時間なのに腸管などを休めることが出来ないと言われています。

人間は寝ている時に身体の修復が行われますが、常に消化が行われていると大切な臓器の修復が妨げられてしまうことが増えていくのではないでしょうか。

その中でもっとも重要だと僕が辿りついたのは、栄養を血流にのせてちゃんと届けられているのかということです。

僕は血流が一番、がんに対しても重要だという仮説を持ちました。

それと同じようなことを書かれてある本もありましたし、最近の本で一番共感できたというか、僕が抱いていた仮説と同じようなことを書いてくださっている方がいます。

大野聰克さんという方が書かれた『がんは悪者なんかではない』（風雲舎）という本です。

大野さんがお勤めになられている病院の院長さんも絶賛されている本です。

僕が調べて導き出した血流を良くする意味

栄養があるものをきちんと食べても身体を休ませないと、臓器の機能が低下するとも考えました。

ただ、それらをきちんと血流にのって届けられているのか？

ここに大きな疑問を持ったのです。

低体温の人はがんになりやすいとか言われていますし、冷え性の人だったら手足の末端が冷たいですよね？

それは血流の悪さが原因となっていることですよね？

胃腸を冷やすのも良くないと言われるのも血流が絡んでいるからなのか？　とか本当にいろいろなことを考えていくことになります。

なぜ、僕が大野さんの本をお勧めしたいのかと言うと、大野さんはうちの父と同じ直腸がんです。うちの父以上に症状は悪く抗がん剤もされています。ただ、そこからご自身でいろいろと調べながら気功を取り入れたり、ビワ温灸などを取り入れられて約二〇年経過されてもお元気だそうです。またうちの母と同じ乳がんの方の事例などもあり、ベッドに寝たきりからの状態もうちの母と同じでしたので、僕は大野さんの本を見た時、僕の当時の仮説はあながち間違いではなかったと今は思っています。

それぞれの臓器は常に消化活動に追われています。もしも毎日消化活動に追われているにも関わらず、一〇〇の力（栄養）が必要なのに血流が悪いせいで一〇〇の力が血流を通じて届かないならば……。自分達の力を抑えながら各部位と協力しあいながら生きるために動くしかない。つまり抑えてしまっている部分ががん化しているのではと僕は思うようになりました。

つまり、血液が要らない細胞となって、今流れている血液だけで臓器を保とうとしていると、調べに調べてたどり着きはじました。

僕の介護を通じて導き出した仮説なのですが、大野さんの場合は違います

ちなみに大野さんの著書はご自身が勤務されている病院内での医師の方にもアドバイスをもらいながらご自身の実体験、病院で起きた出来事を元に血流を良くしないから手術をしても再発・転移を繰り返してしまうということや、がんの中でよく言われる新生血管についても詳しく書かれています。

僕も自分なりに仮説を立てるようになっていったわけですが、末期中の末期の母が自分の手でご飯も食べられず、口の痺れ、右足はがんの影響で完全麻痺していました。

左足も早いうちにそうなる恐れが高いし、肺への転移、肝臓への転移、最悪、脳へ

の転移も考えられると介護がはじまってからすぐに言われましたが、それは最後の最後までおそらくなかったと思います。

血流を良くしたことで両手も動き、口の痺れも取れて、右足も動き出しました。

当然ながら先生はなんでだろうと首を傾げて驚いていました。

乳がんに使っているホルモン剤が効いているのかな？　という結論だったのですが、むしろホルモン剤を使う度に、ホットフラッシュ（ほてり）や倦怠感が強くなり嫌がっていたので、処方されても本人が飲みたくないという時は飲ませませんでした。


僕が母と父の血流を良くした最大の要因は自分ではちゃんと分かっています。

それは僕がこっそりと知人が紹介してくれた水素サプリと水素水、そして漢方の名医が与えてくれた鹿角霊芝の漢方を服用し続けたからです。

血流を良くしたからこそ、食事の質を変えて栄養が届きだしてバイタル（血圧、脈拍、体温など）も安定していましたし、本人のやる気は変わらずでしたが、末期中の末期状態からでも元気になっていったのは間違いありません。

なので、自分の仮説と大野さんの実体験による血流を良くするということについては、僕は介護を通じて水素と鹿角霊芝のお陰だと思っています。

◆がん体質になった時こそ食事を見直して、たんぱく質中心を心がけていく
◆絶対的な三食が全てではない。身体の臓器を休ませることを心がけてあげること
◆一つ一つの臓器に、一〇〇ずつの血流がきちんと流れているのかと考えてみること

実際に効果を実感出来た機能性食品

僕は機能性食品関連に自分の貯金を切り崩しながら、親の回復を目指して一年半前後で八五〇万円を使いました（二〇一六年二月まで）。

そこから約四年の月日が流れたわけですが、父の介護は今も続いていますので、もう軽く一〇〇〇万円は超えています……。

最初は医療従事者などが関与や関係していない「これで私はがんを治しました」みたいな体験談だけが書かれている商品などを自分なりに調べて購入をしてきましたが、当然ながら人それぞれ症状、栄養バランス、血流の良さなどは違いますから、うちの場合は末期中の末期なので効果は見えませんでした。

「いや、だから三大療法じゃないからダメなんだよ」と思われるかもしれませんが、うちは三大療法をやらない選択を二人がしたのですし、母のあの初期の弱った中での末期状態で抗がん剤に耐えられたとは思えません。

仮に三大療法をやったとしても、副作用の軽減や悪化予防に繋がる機能性食品はちゃんと存在しています。

あくまで僕がそこに辿り着くまでに時間が掛かったというだけです。

僕が実際に親の回復に向けて個人的に良かったと思える商品を、介護を通じて経験の中からお伝えしておきたいと思います。

両親の一番の根元を支えてくれたのは、水素サプリだった

少し前まで水素水を飲むことが社会的ブームになりましたが、僕は水素水だけを飲み続けたからという効果は介護の中では見えにくい気がしました。

知人が、「騙されたと思ってお母さんに飲ませてあげてください」と藁を掴む思いで

僕がいろいろ試していた時に自宅に送ってくれたのが、特許ゼオライト水素還元技術で作られたゼオセブンという水素サプリでした。

水素でがんが治るとか、脳梗塞による脳の損傷を軽減させると言われているのは、細胞の中にあるミトコンドリアの活性化と活性酸素の除去が注目をされています。ざっくり言ってしまうと、老化していくとミトコンドリアの数も少なくなるから、活性酸素が増えて細胞破壊や動脈硬化も進みやすくなるからこそ免疫が低下してくる、つまり、がんの原因にもなっていくから水素で活性酸素を除去すると、みたいな感じです。

肌の老化なども活性酸素が絡んでいます。

ただ僕が一番、母の身体を通じて実感しているのは今お伝えしたようなことだけではなくて、水素サプリを飲み続けたからこそ低体温でなくなり、三六度七分前後をずっとキープできるようになりました。

体温が安定すると血流が良くなることにより免疫力も上がってくるので元気になり出したのだと思っています。

西洋医学では水素は全く効果がないと言われていますが、総合医療の病院では医師が推奨している所もたくさんあることも事実です。また大学の医学部で教授をされている先生も、水素によって血液が流れないゴースト血管を復活させる効果があることなども毛細血管血流スコープを使って確認が出来ている事例もたくさんあります。

正直、水素の奥の奥まで詳しい理由は分かりません。ただ母に変化があったことは事実です。

末期中の末期の母にどんな変化があったのかを明記しておくと、まず肌のシミが圧倒的に減りました。

肌ツヤも良くなり、訪問看護師の方もいつも「○○さんは日に日に肌が綺麗になっているね～羨ましい」と言っていたぐらいです。

普通は六〇代後半にもなるとシミが消えるということはありませんよね？

また母は運動をせずによく食べる方だったので、昔から静脈瘤が長年続いていて悩まされていました。それは、ふくらはぎ部分に多いのですが、ボコボコした血管が浮き上がって見えたり、蜘蛛の巣みたいに血管が皮膚の表面に見えていました。

まだまだ原因不明の病気です。薬やサプリでは完治しません。

手術で見た目を綺麗にすることは出来るそうですが、根本の解決にはなりません。

そんな静脈瘤でさえも水素を飲み続けて綺麗なふくらはぎになりました。

何より一番僕が驚いたのは、がんの影響によって右足がくの字の逆になったまま動かせなくなっていたのが真っすぐになり、足の運動が出来るようになったことです。

先生からは、がんの影響でもう片方の足も動かなくなるでしょうと言われていたのにです……。

口の痺れ、手足の痺れも全部なくなりました。

また腎機能も落ちてくると言われていましたが、母は最後の最後まで落ちませんでした。

水素水やサプリを飲むとトイレが近くなるのは、水分がきちんと吸収されて身体の中の塩分濃度が低下してそれを戻そうと利尿作用が起こるためだと調べたら分かりました。夏場の脱水症状などもありませんでした。

何より血流が良くなり、ベッドの上だとしても手足が動くようになったので、今まで動かすことが出来なかったのに、自分の両手でご飯もしっかり食べられるようになったのです。

末期中の末期の人間が、ここまでなるでしょうか？

父も同時に飲んでいるのですが、この四年で一度たりとも風邪をひいたことがありません。僕自身も昔は一年に四回ぐらいは風邪をひいていたのですが、ゼオセブンを飲んで一年あるかないかぐらいになりました。

母の場合は一日を通じて三〇粒以上、父は二〇粒以上を小まめに飲ませていた感じです。

僕が知人に教えてもらったゼオセブンはgenki21研究所さんで販売されています。楽天でお試しも出来ます。https://item.rakuten.co.jp/genki21/c/0000000228/

中性脂肪や悪玉コレステロールの数値を変えた鹿角霊芝《ろっかくれいし》

母は食べ過ぎ、父は飲み過ぎで二人とも最初は中性脂肪も、悪玉コレステロールも数値的にはかなり高い方でした。

降圧剤なども含めて薬は処方されていましたが、副作用も含め本人たちがあまり飲みたがらなくなっていたので飲んでいなかったのです。

その中で、僕に人を信じぬく大切さを教えてくれた恩人の一人に（株）水の守り人神谷久志さんという社長さんがいます。

漢方の名医の方が調合された鹿角霊芝の漢方を両親のために無償で自宅に送り続けてくれた大恩人の方なのですが、この鹿角霊芝のお陰で肝臓系の数字が二人とも驚くほど変わっていきました。

そもそも鹿角霊芝には抗がん剤や放射線の副作用を軽減できる力もあり、その中で鹿角霊芝が、がん予防や免疫効果がある最大の理由としましては、マクロファージを増殖させ、免疫力を活性化させると言われるβ-グルカンなどを含んでいることが非常に大きいということです。

鹿角霊芝は生体バランスを整え、作用が特定の臓器に限定されず抗がん剤のように副作用がありません。

熊本大学大学院医学薬学研究部、熊本県産業技術センターで確認されています。

そもそも昔から霊芝（薬用キノコ）は身体に良いと言われていますが、その中でもさらに希少なものが鹿角霊芝になります。

がん予防で大手の企業も鹿角霊芝を誇張しながらＰＲしていたのですが、販売停止になっていました。

理由は鹿角霊芝が中国産だからだと思われます。

効果効能の要因となるβグルカンの含有量は、鹿角霊芝を育てる環境によって変わるそうです。

つまり「品質」の差があるということになります。


漢方薬は、何百種類の自然界の成分が入っていてお互いが助け合いながら、人体へ作用し治癒の方向へ向かいます。

また鹿角霊芝の安全性について、よくある動物実験のデータではなく、実際のヒトによる研究が行われています。

現在、日本をはじめ中国、アメリカなど国の研究機関・大学などにより鹿角霊芝は慢性毒性試験、急性毒性試験の結果、安全性が確認されています神谷さんの仕事の一つでもあるこの漢方事業の中で作られた鹿角霊芝（宝寿仙）は漢方の基礎を教えるぐらいの名医が調合したもので、簡単に真似が出来るものではないぐらいのこだわりがあります。

鹿角霊芝の栽培に必要な条件としては、温度、湿度、光線、炭酸ガス濃度、滅菌など非常に高度な栽培技術が必要となります。とても重要な部分です。

その中でも、特に大切なのが良質な原木とミネラル豊かな水で、現代科学により栽培技術や研究が進み、試行錯誤の末にようやく奇跡的に鹿角霊芝の栽培には成功していますが、それだけではダメらしいのです。

なぜなら、鹿角霊芝の有効成分に大きく影響するのが、成長するために必要な栄養分である原木と水が現代科学では作り出せないことです。

もちろん、良い品種や栽培管理はお金をかければ、どの地域でも可能ですが、良い原木と水は良い自然環境が整っていないと無理なんですね。

放射能問題をはじめ、大気汚染、農薬の空中散布に酸性雨などの様々な影響により鹿角霊芝の栄養となる原木や水は汚染されて育たない地域がほとんどです。

仮に育ったとしても、その有害物質を含んだ鹿角霊芝になってしまいます。

熊本県は日本でも数少ない放射能の影響を受けていないと場所と言われています。

（日本では熊本と沖縄ぐらいだといわれているそうです）

高度な医療、新しい薬は数多くあるのに病人の数は増え続けています。

ここに大きな疑問を持つべきです。

そんな中で注目すべきは漢方へのシフトチェンジです。

本当の漢方薬には合成品がひとつもありません。

漢方はすべて、自然の中から採取された生薬、自然の動物や植物、そして地球上に昔から存在する鉱物を使います。

例えばある商品を例にすると、数滴の鹿角霊芝のエキスが入っていて、あとは安い化学物質だけで構成されていても鹿角霊芝商品として大企業が大量生産して安く販売すれば、何の疑いもなく売れてしまう残念な現実があります。

そういう事実があることを知っておいていただけたら幸いです。

もしも、抗がん剤の副作用をはじめ、がんに対する免疫を高める商品を探されている方、また医療の薬を邪魔しない漢方を検討されている方がいらっしゃったら、神谷さんが代表を務める（株）水の守り人株式会社のサイトをご覧ください。

漢方の名前は宝寿仙（ほうじゅせん）と言います。
事前に電話相談をしていただいても構いません。中国漢方ライフアドバイザーの資格を持つ役員の平川さんが相談に乗ってくださいます。
水の守り人株式会社　https://水の守り人.jp/
TEL　0968-24-0927

医療機関向けアラビノキシラン

うちの場合は水素サプリと鹿角霊芝の漢方だけでも大きく延命に繋がったと僕は思っていたのですが、母が亡くなる三カ月前ぐらいに知ったのが医療機関向けアラビノキシランでした。

要は三大療法だけではなく、この商品だけでも末期がんからの改善例が数多くあります。

そもそもアラビノキシランとは何かと言いますと、米ぬかをシイタケ菌酵素によって加水分解した製品です。

科学的根拠（エビデンス）がしっかりとある医療機関専用サプリメントメーカー製の高機能性素材のみを取り扱っている会社があるということですね。

ここの会社にもう少し早くたどり着くことが出来れば、末期中の末期だった母だってもっと早く回復傾向の兆しがあっただろうなと思っています。

ある方のお父様が胃がんのステージ４で余命半年だったのですが、抗がん剤の副作用で苦しんでいたのに、この商品を飲ませ続けて根治した例もあります。

病院は驚いていたそうです。

この商品を扱っている会社は大阪のＦＣＣさんという所で、がんに対する相談を、フリーダイヤルで三六五日受け付けてくれています。

メールでも可能です。相談相手は医療従事者です。

ＦＣＣさんの場合は膨大な資料（がん関係も含む）がありますから、それを見てもらい、その中で納得したら会員登録をして商品を購入することが出来ます。

ただ、九〇包で約九万円ぐらいです。

しかし、高いだけあってカウンセリングを受け続けることが出来ます。

僕はメールでいつも相談をしていたのですが、二四時間前後までには必ず返信を送ってくれます。

ただ、メールだけだと向こうの感情も見えづらいし、分かりづらい所もあったので僕は電話カウンセリングを受ければ良かったと思っています。

母が亡くなる三カ月前ぐらいから服用したのですが、その状態の中でも水素と鹿角霊芝の基盤もあったお陰で、両親の体調の回復力はやっぱり違いました。

最初からこの三大機能性食品をメインに頑張っておけば良かったと、少し後悔は残りますね……。

FCC http://www.fcc-inc.jp/　TEL 0120-095-599

父の直腸がんを救ってくれたエコサンテ液

エコサンテ液とは国産大豆を原料に、独自の乳酸菌調合の環境下で発酵させることにより生成される短鎖脂肪酸ですが、これに関しては筑波大学との共同研究にて、ある特徴的な機能をもつ活性物資を解明中に、短鎖脂肪酸が大きな役割の一端を担っていることを突き止めています。

その後、二〇一五年二月にはＮＨＫスペシャルでエコサンテ液発酵臭である短鎖脂肪酸の機能性のことがテレビで初めて取り上げられています。

現在では短鎖脂肪酸に関する著書も出版されており、健康のカギは短鎖脂肪酸（酪酸・酢酸・プロピオン酸・ヘキサン酸）であるということが様々な研究で明らかになってきています。

短鎖脂肪酸は独特の臭いがあるので美味しく摂取できる食品ではありません。

ただ、この臭いの成分こそが短鎖脂肪酸であり様々な働きを有しています。

大腸からの水やナトリウムの吸収を維持、大腸の持続性収縮の維持、粘膜細胞の維持、消化管運動の改善、大腸の粘液分泌を起こさせる、カルシウム、マグネシウムの吸収を助ける、膵液の分泌を助ける、直腸の壁が刺激されることで排便反射が生まれる。
抗炎症作用、免疫向上、ブドウ糖の代替エネルギー源、血液脳関門を通過し脳のエネルギー源、肥満を防止、インスリンの分泌量を増やす、腸内の弱酸性の環境にして有害菌の増殖を抑制、免疫寛容促進を期待できます。

代替医療を実践する医療機関での取り扱いが始まり、美容健康関連企業への原料供給や小動物などを対象とした医療機関でも取り扱いがはじまっています。
未病予防対策や生活習慣病が心配な方、腸内の活性化をしたい方、がんなら大腸関係に有効だと思います。

そもそも腸は第二の心臓と言われているぐらい非常に重要な臓器です。睡眠中は一日の中で腸の血流が最もアップする時間です。

睡眠中のぜんどう運動を活発にし、腸内環境を良好に保とうとするために相乗効果が期待できます。

お問合せは有限会社エコサンテ物産　http://www.ecosunte.com
相談窓口　0120-5562-86

国内の健康サプリメントを複数摂取している方へ（それって高品質ですか？）

いろいろと多くの書籍を読んできた中で思うことは、国内の日用品メーカーは市場の圧力によって価格破壊が起こり、品質を犠牲にしていることが非常に多いのです。売り場でエンド棚を確保して少しでも多く売れるようにというか、そこだけのためにコストを下げて商談に臨むメーカーもいます。

そうなれば販売店に支払う金額は変わらない中で、安い原料を使ってコストを下げていくか、水を使って容量を増やすなどあの手、この手と試行錯誤の繰り返しとなり、法に触れないギリギリの所で商売をしていることが多いのです。

また国内のサプリメントは吸収率も弱く、タイムリリース加工をされているカプセルタイプは、ほぼありません。

残念ながらこれが現実です。

それはなぜか？　答えは簡単で各成分の含量が違うからです。

なので、単に大手メーカーだから大丈夫でしょ？　という安易な考えでは健康予防としてはよろしくありません。

ＴＶ通販でよく出ている○○に特化したサプリ、○○まで豊富に入って初回限定価格九八〇円！　今すぐコチラ…的な商品と海外の商品の成分比較量を比べてみてください。全く違いますからね。一般家庭でよく見かけるのが鉄分サプリ、ＤＨＡ・

EPAサプリ、ビタミンCのサプリと、ありとあらゆるサプリメントを複数定期便で買われたり、更にドラッグストアで別の商品を買われたりと……。年間でどれだけの固定費が消費として出ているのかを、健康志向の方ほどよく考えて欲しいなと思います。

そんな中で僕がオススメしたい海外の総合サプリとして「ピークパフォーマンス」という総合サプリがあります。

アメリカのスターリング研究所やドイツのフライブルク研究所においてほぼ統計的に差がないことが証明されています。

別の研究所で非常に厳しい制限の元で臨調試験を行い、同じ結果が出るって凄いことで、対象者は健康な方になるのですが、人種や国籍、生活習慣に関係なく幅広く効果が認められたということになります。

この総合サプリメント「ピークパフォーマンス」はフリーラジカルの炎症を抑え、

血圧、総コレステロール、中性脂肪などを三カ月継続して飲んでもらった上で大きな結果を出しています。健康状態の改善に大きな影響を与えてくれる総合サプリメントと言えると思います。

これは午前と午後に袋が分かれていて、一日二回の摂取になります。自信があるからこそ三カ月飲んでも効果を感じない時は三カ月分全額返金保証をしてくれます。

この一つの総合サプリで一カ月九八〇〇円ですが、国内では考えられないぐらい栄養成分と含量が圧倒的に違います。

βカロテン、ビタミンB1・B2・B6・B12、ナイアシン、葉酸、ビオチン、ビタミンC・D・E・K

カルシウム、マグネシウム、鉄、マンガン、亜鉛、クロム、モリブデン、ヨウ素、

ブドウ種子抽出物、緑茶抽出物
玉ねぎ抽出物、しょうが根抽出物、ウコン抽出物、チョークベリー抽出物、乳酸菌・ビフィズス菌、DHA・EPA

またこれらのサプリは、オリゴフラクトーストコンパウンディング製法という特許技術で作られています。

基本的にサプリやお薬のミネラルは吸収しないと言われています。鉄剤なども摂取すると吸収しないので胃もたれや便が黒くなります。
しかしこのサプリはオリゴの力でミネラルの吸収率も上がり、更に体内で活性酸素の活動も抑制してくれます。

その吸収をオリゴ糖や様々な栄養素との結合によって成功している総合サプリで、臨床データーもあります。
この「ピークパフォーマンス」は会員でないと定期でお得に買うことが出来ないの

で、お問合せは（株）セリオの図師社長にご連絡ください。メールの件名に、松野の本を読んで問い合わせしたと言ってもらえれば直ぐに分かってもらえます。

図師社長への問い合わせ先。babystar0319@gmail.com

◆がん予防・対策は三大療法が全てではない
◆仮に三大療法をしていても素晴らしい機能性食品は存在し、副作用の軽減、がんに対する別のアプローチは可能
◆病院とは別の相談窓口があることを知っておくことが大切！

6章

家族だからこそ寄り添う気持ちを忘れてはいけない

相手とうまくいかない時は言葉を取り戻していくこと

両親の介護をさせてもらって痛感していったことは、家族だからこそ寄り添う気持ちを忘れてはいけないということです。

相手の気持ちに対して心を寄せる状態として「寄り添う」という言葉を使っています。

家族だけではなく、他者とのコミュニケーションを図る中で時には喧嘩をしたり、すれ違ったり、疎遠になったりすると何より言葉を交わすことが減っていきますよね？

相手を言いくるめる、相手を論破させる口喧嘩みたいなスキルではなく、意識すべきことは仲直りのスキルとして「言葉を取り戻していく」ことから少しずつはじめていかないといけません。

これまでと同じように当たり前の会話を取り戻していくためにも、自分から率先して、まずはあいさつから声をかける行動を当たり前として、相手に対して特に介護の時は非常に大切です。

また介護をする側が意識することとして、普段の会話の中で相手が発するいろいろなメッセージをいつも共有出来ていたか？　また共有しようと努力していたか？を考えて接しないといけません。

僕はうまくいかない時こそ、普段から相手が大切にしている心（自己重要感）を尊重してあげているかを毎日考えていくようにしました。

要は普段の会話の中にあるメッセージを共有することを大切にしていかないと、相手の方に原因があると感じはじめて何度も同じことを繰り返していきます。

例えば言ったはずのことが伝わっていなかったり、逆に別の意味として伝わったりすることってあなたも経験ありませんか？

つまり「伝える」と「伝わる」は違うということです。

特に家族のように関係性が深い相手の時ほど、言葉以上に「察すること」を求めてしまうので、そのぐらい言わなくても分かるでしょ！　と男女共々なりやすいと僕は思っています。

もちろん、相手が考えていることを察して先に動くことはとても大切なのですが、それはあくまでも常日頃の会話から得られるメッセージを共有しようという意識がないといけません。

だからこそ、会話だけではなく、しぐさや表情まで察していきながらメッセージを共有しようという思いやりが大切になっていきます。

なぜなら言葉の意味そのものよりも、言葉が出る手前の部分に認知・感情・思考・行動を含めたものが影響しているからです。

言葉（会話）を取り戻す手前の部分を大切にしながら接していきましょう！

傾聴力の中心にあるのは「うなずくこと」と「相づちを入れること」

僕もメンタル心理カウンセラーや介護コミュニケーションアドバイザーとして傾聴を大切にしています。

傾聴はその名の通り、相手の話を丁寧に耳を傾けて肯定的な関心を示すことです。

傾聴力を飛躍させていくためには聞いた話を次の人に伝えることを念頭に置くと良いとも言われています。

介護が円滑に出来るために必要なのは傾聴力です。介護だけではありません。仕事にも使えますし、対人関係でのコミュニケーションにも大いに活かすことが可能です。


傾聴力の中でポイントになるのは聴く姿勢が基盤にあります。

その中でもすぐに出来ることは「うなずくこと」と「相づちを入れること」です。

話す側の想い以上に聞き手としての寄り添う気持ちが必要です。

例えば、「そうだったんですねぇ」という相づちは共感を示すことが出来ますし、「なるほどですね。勉強になります！」などだったら納得としての相づち、「そこからどうなったんですか？」などなら、続きを聞きたいという関心を相手に伝えることが出来ます。


また相手が気持ち良く話をしているのなら、話のリズムに合わせて笑顔でうなずくと話はさらに膨らんでいきますし、逆に悲しい話ならば、ゆっくりとうなずくことを心がけて、相づちも言葉を選んであげないといけません。

注意点としては良い話も、悲しい話も、不自然なうなずきと相づちが続くとわざとらしく感じられて相手の話の腰を折ってしまう可能性もありますし、聞き流しているなと思われることもあります。

だからこそ、寄り添う心をいつも心がけておかないといけません。

今は資格を取得したからこそ、よく分かるのですが、寄り添う心だけではなく訪問してくださる先生や看護師の方、ケアマネージャーさんから技術を学んで、もっと自分の力に変えておけば良かったと思います。

当時の僕にとっても、私生活・習慣は介護だったわけですから。

次に寄り添う心を持って相手に共感や安心を与えるために必要な姿勢として、繰り返しの技術が介護にはあった方がいいですね。

会話をする中で察した内容の一部を切り取って

「だから○○と思われていたんですね。うんうん」

「やっぱり○○さんの○○な所は素敵ですね！」

と繰り返してあげると、相手からすればちゃんと聞いてくれている。自分のことを理解してくれているという聞き手に対する想いを伝えやすくなっていきます。

それでは「会話の中でどこを切り取って繰り返したらいいのか？」が分からない時は相手の感情を受け止める所か、会話の中で話をしてくれた事実を受け止めるのかのどちらかを、繰り返してあげるといいと思います。

なぜ、繰り返すといいのかといいますと、介護される側と介護する側（うちなら母と僕）の両方に対して二つずつ効果を得ることが出来ます。

話す側は想いの共有が出来たという喜びや安心感、聞く側は聞き手としての熱意が伝わったことです。繰り返しの技術を取り入れるだけで、関係性の維持も保ちやすくなります。

また、話したこと自体に満足してもらえるように、最後に話の要点をまとめてあげ

て総論として返してあげる要約の技法という技術があります。

会話全体の話をまとめて整理して最後の安心感を与えてあげることが重要です。

特に介護の場合は話が長くなっていくと、二、三転していくのは当たり前ですし、そもそも本人自体が途中で話が脱線していることに気づかない状態で話をすることも多くなります。

なので、本人が会話に満足が行くようにうまく要点を整理してあげることが大切です。

もちろん介護だけではなくコミュニケーションの一つとして活用できますし、話が長くなりやすい女性の話を聞く時も聞き手としてまとめてあげると安心させてあげられます。

傾聴の中で重要なのは本人が話した内容や聞き手との会話に満足をしてもらうことが基本としてあり、さらに関係性が良くなれば、あなたにだったら……と他の方よりも話の質や量を手に入れることも出来ます。

そもそも「聞く」と「聴く」は心構えが違うのです。「聞く」はそのままストレートに受け止めること、「聴く」は相手の言葉の奥にある気持ちにまで耳を傾けていくことです。

助言と決断を使い分けて、同じ方向へ導いていく

うちの両親は三大療法などをせずに自宅で生きられるまで生きたい、が主目的でした（ＱＯＬの維持などは気にしない）。

一方の僕は生きられるまで生きたいの中で、回復を目指していくことが主目的になります（ＱＯＬを気にする）。

なのでぶつかることが多かったのですが、その中でも調和を目指していきながら僕なりに頑張ったつもりではあります。

ただ当時は無知の中で学びながらでしたので右往左往することも多く、親子だから

難しい所がありました。

これから在宅介護が増えていく時代になるのは間違いありません。

それらを踏まえた上で、今後はじめて介護をされていく方のために資格を取得した上で、コミュニケーションの中の「助言と決断」の使い分けについてお伝えしたいと思います。

一人の場合は特にですが、介護をするあなたがイライラしないためにも会話の中でうまく助言を入れていくことが大切になります。

そして介護するあなたに一〇〇％依存しないためにも、本人に「主体性」の自覚が少しだけ必要になっていきます。

もちろん、介護をする方にも必要です。どちらかと言うと介護をする側の方が意識を持たないといけません。

主体性で生きられるようになると、きちんと使命感を持ち「自分の人生を引き受ける責任感」が出てきます。

昔の僕みたいに自分に責任がない、相手が一方的に悪いという考え方だと介護は出来ません。

よく使われる自主性は「ある決められたこと」に対してだけは率先して出来ても、次に何をすべきか自分の意志では決められない出来事が出てくると、急に受動的になって指示待ち、指導待ちになってしまう傾向もあります。

うちの母は、主体性を僕に持たせるために、訪問してくれる先生や看護師さんが母に施してくれることを僕自身に目で見て、実際に真似をして、次は何をするのかを学ばせようとしてくれました。

母のように寝たきり状態の中で「主体性を持って頑張りましょうね！　自分の行動に責任を持ってね！」とは言えませんから、さきほどお伝えした助言を使って、うちの場合は違いますが、自主性から主体性へ少しだけ導いてあげましょう！

例えば依存心が強い状態が続いてしまうと「ここまでは自分でやれるけど、その後が……」で止まります。

介護の場合はリハビリなどが分かりやすい例かもしれません。

なので介護をする側は弱音を受け入れた上で

「こういう風に考えてみてはどうだろうか？」

「こういう方法もあるけどやってみる？」

と提案をしてみてあげてください（これが助言です）。

もちろん、受け入れるかどうかは本人の気持ち次第なので、せかさずに見守ってあげてください。

それでも体調なども関係して弱音が続くならば、ゴールまでの意図や目的を分かりやすく伝えた上で少しずつ自己解決が出来るように、どういう時に弱音が出やすいのかの分岐点を見極めていくと良いと思います。

正直な所、家族が言う助言は聞かない。先生や看護師さんの助言は聞く。逆もありますのでそこを責めることは絶対にしないでくださいね！　助言は指示するのではなく、目的への「方向付け」をしてあげることです。

その中で少しずつ自主性が出てきたら一緒に喜んであげて、自主性から主体性に変わっていく成長が見えてきたら、さらに一緒に喜んであげて助言の回数も減らしていくのも見えない優しさになります。


本人が前を向き始めたらコーチングのスキルを活用していくことも必要になっていきます。

コーチングと聞くと自分が出来るのか？　と思われるかもしれませんが、助言のように合いの手を入れるのではなく、そもそもの所から相手に考えてもらって自己決定を引き出してあげる関わり方を指します。

少し専門的になりますが、ポイントは二つあって「開かれた質問と閉ざされた質問」の二つを常時に使い分けて接していきます。

開かれた質問は相手に自由に答えてもらっていいものです。

明日は何が食べたい？

次は何をしたい？

自由に考えられる質問をしてあげて、自分の意志決定力を強くしていく導き方になります。

うちの母の場合は自らの人生を決断していましたが、そういう方ばかりではありません。

だからこそ日常の会話の中で意思決定が出来る開かれた質問をさりげなく入れてあげましょう！

逆に閉ざされた質問は答えが決まっているものです。うちの場合は父が認知症になっているので、うちの奥さんが「お父さん、今日は何月何日で、今は令和何年ですかね？」と重要性を繰り返して再認識させるための練習をしています。
これは記憶術インストラクターとしても繰り返すことはやはりとても重要だと言えます。
一次的なメモリーを、ハードディスクのほうに保存していくために必要なトレーニングです。

家族の誕生日、結婚記念日、自分が生まれた日、国で決まった記念日などを入り口にしてそこからいろいろな思い出を語ってもらって、だからこそという意志決定に繋がるように導いてあげましょう！

この二つを使い分けていくだけでもコミュニケーションは上手になれますからね。

◆言葉一つ一つの大切さを得ることで自分の職種にも活かすことが出来る
◆傾聴力を磨くことが出来るので自分の成長に繋げることが出来る
◆心を通じてコミュニケーションを取ることの大切さを学ぶことが出来る

人は声から忘れていく、大切な場面は残しておこう

僕は介護って誰しもが必ず経験することだと思います。
介護される側、介護する側どちらもです。
偉大なる母が亡くなった時、僕は自分の人生を賭けて本気で介護をさせてもらった

ので自分が思っていたほどの悲しみはなく、充実感という言葉が正しいのかは分からないのですが、親子で一緒に歩いて来られた気持ちの方が強く、感謝しかありませんでした。

ただそうは言っても葬儀が終わった後、ボーリング玉ぐらいの穴が自分の心に空いている気がしました。

そんな中で尊敬する人生の先輩の、「すらっと」代表の香川治樹社長から、「お母さんの肉体がなくなっても、お前の中でお母さんの血や想いは身体中をいつも駆け巡っているのだから、忘れちゃいけんよ、ちゃんと生きている」と言われて本当に心が救われました。

何が言いたいのか？　と言いますと、人が一番悲しくなるのは忘れられることなんです。

だからこそ、「いつもお母さんのことを忘れずに、毎日思い出して感謝しながら生

きていくことがこれからのお前にとって重要な指針になるよ」ともエ教えてもらえました。

でも僕は介護に追われ過ぎて、母との会話や動画をほとんど残せていません……。

ある時、一週間に一度だけ来てくれる先生が言ってたことを思い出しました。

人は声から忘れていく生き物だから声を残してあげてね！　そしたらいつも傍にいてくれる気持ちになれるからねと……。

もちろん、目をつむれば母ちゃんの声は思い出せます。だけど日常の会話の中でいろいろな話をしたことを、なぜ僕はベッドの横にパソコンを置いて仕事をしていたのに、手元にあるスマホで録音をしなかったのか、とても後悔をしています。

もしも今、母が僕に託してくれた教えを声として聴くことが出来るのならば、どれだけ励みになり、そして、どれだけ僕に勇気を与えてくれただろうかと思ってしまう時があります。
いつも当たり前にいてくれる人が居なくなったら、例えば隣で普通に寝ている旦那さんや奥さんのいびきすらも愛おしくなるとも言われていますし、そのいびきが聞こえないからこそ寝られなくなってしまうということもあるそうです。

当たり前が続くことは幸せだけではなく、愛しさもあると思います。だからこそ大切な人の声から愛していきたいものです。
なぜなら人は忘れられるのが一番悲しいことで、そして人は声から忘れてしまうからです。

何が起こるか分からないからこそ、今は手軽に音声録音も、動画も撮れる時代ですから大切な場面は忘れないために残してくださいね。

大切なのは「調和をゴールに」すること

社会人になっても綱引きをする方が非常に多いと思いませんか？

あなたがこうしたから自分もこうした。

あなたがこう言ったから自分もこう言った。これが綱引きです。

これだと絶対にお互いが報われることはないし、具体的な解決策は出てきません。

特に介護される側は立場が弱いので本人が一番しんどいのですから、心から寄り添って相手の立場になって考えてあげることを忘れないでください。親子の場合は特にそうです。

この薬を飲みたくないと言うならもう知らないとか、先生たちの言うことを聞かないならご飯も作らないとか、自分は間違っていないと自分を正当化・防衛するため、もしくは勝ち負けを決めて優位性を保ちたい時に綱引きを行おうとしてしまいます。これでは双方の関係性が維持できなくなります。

いつも大切なのは「調和をゴールに」するということです。なぜ、改めてこういう話をするのかといいますと、うちの場合は母が僕に介護を通じていろいろなことを教えてくれた後、尊厳死を望むようになったからです。今は国でも尊厳死について議論がされているので知っている方もいるかもしれませんが。

要はQOLの維持を停止して、訪問介護も停止、ご飯も、水も与えずにそのまま自然に天国に行きたいという気持ちが強くなったのですが、仮に終身ケアを止めても、僕がさらに大変になるという話があったりですね。本人が望むことと言ってもこのあたりの調和は難しかったです。

最後のほうはモルヒネが入った医療機械を使って血管に微量を入れていきながら痛

みを緩和していくのですが、どうしてもボーッとしていることが多くなり、あまり会話が出来なくなったので、もう少し最後の最後まで話は出来たのではないか？とも思うと、母が望むことを僕が最優先して代理で言うべきだったのかなと考えることもあります。

もちろん、モルヒネに辿り着くまでは痛みを抑えるシールを張ったり、いろいろなことがあった上での最終段階です。

なので、母が絶対に嫌だと言っていたら先生たちも、僕もそれを優先したと思うのですが、綱引きなどはせずに調和を目指していって欲しいなと思います。

「ごめんね」と先に言える勇気

母が教えてくれたことの中に、いつも先に謝るという教えがあります。

人は、自分は悪くないのに、なぜ自分が謝らないといけないのか？
そういう矛盾を感じながらも目の前の出来事を解決させないといけないことがあります。

小学校などで起きる喧嘩などがそうかもしれません。
ただ、何かしら自分にも原因があったと自分を責める必要はないのですが、見つめ直す視点を持つと、人として大きな成長を果たすものだと僕は思っています。

介護をしている当時、寝たきりの母ちゃんのワガママに耐えに耐えて耐えまくっても仕事をしながらなので、たまにはちょっと待って欲しいということが僕にもありました。
そんな時はどうしても口喧嘩になりがちで、その後の時間が少しだけ気まずくなります。

ただ、いつも就寝の時に部屋の電気を切ったら母ちゃんの方から
「今日はいろいろワガママ言ってごめんの。堪えてくれんの。

私にはあんたしか頼る人がおらんけん。ごめんの……」と先に謝ってくれていました。

一番苦しいのは本人なのに、人って先に謝られると不思議なものでいやいや、俺の方こそ言い過ぎたところがあってごめんね。明日もまた一緒に頑張ろうね！　ゆっくり寝てね！　と素直に言える自分がいることに気付けるようになってきました。

ごめんね！　だけではなく、ありがとうも先に言った方が、身内でも仕事でもうまくいきやすいと思うのです。

相手に考えさせる、相手に気づかせるためにごめんね！　を待つことも時には大切かもしれません。

だけど、先に伝えることの意味を与える方が僕は大切だと思っています。

自分は、心の底から大切だと思う人のために、どう生きるのか？

母が亡くなった後の今も、父の認知症介護もあるので毎日成長させてもらっているわけですが、当時の僕は「生から見た死」の考え方だったと思います。

母は片方の胸ががんに食べられるまで約二〇年間放置していたのですが、そこからずっと毎日が「死から見た生」だった気がします。

昔を振り返ってみると僕が高校生になったあたりから、よくこういう話をするようになりました。

「今日という一日は自分の寿命が終わるまでの最初の一日、明日を迎えることが出来れば明日がそうなる。

いつ何が起きるか分からないからこそ、先祖さんがあんたに与えてくれた一日を、

どういう気持ちでどう生きるのか、を考えなさいと……」。

実際に母自身が倒れてベッドに寝たきりの状態が続くようになってから、さらに一日の重みの感じ方が違うはずです。

僕は自分なりには本当に精一杯の介護をさせてもらったつもりですが、母が僕に残してくれたことに対して、亡くなってからいろいろと痛感することが多かったです。だからこそ、これから介護をする方も、今やられている方も大変ではありますが、一番苦しいのは本人なので心を寄り添い、あなた自身が後悔のないように愛を持って死から見た生の考え方で接してあげて欲しいと思います。そうすればいつも以上にきっと優しくいられるはずです。

母はこう言いました。

「年齢を重ねていつか自分が天に帰る時、心から納得して自分の死を受け容れて生

涯を終えられるようにしなさい」と……。

母自身が病院ではなく在宅介護にこだわり続けていたのは、全て僕の未来のためだったと、母の命と向き合って改めて痛感したんですね。

なぜなら僕が親になって子供たちはもちろんのこと、次世代にバトンを渡すためにも、自分の心を養うことから逃げてはいけないことを、介護を通じて教え続けてくれたからです。

僕が社会人になってからは

「人の幸せのために自分の力を使うと、その徳が溜まった分、自分の幸せになって返ってくる。

自分に徳が返ってこないと思うこともあるかもしれない。だけどその時は家族の誰かに使われているかもしれないし、自分が誰かのために使ってきた軌跡は絶対に裏

切らない、仏さんは見ている」

と、しつこく言ってました。

頭では分かっているつもりではいましたが、介護を経験してみて心の奥底まで落とし込めていなかったなと思います。

死から見た生で考えてみれば僕たちに流れる一日は本当に愛おしいものです。ほんの少しだけでも生から死ではなく、死に向かって生きているからこそ、一日に対する感謝をもっと持ちたいですよね！

親が命をかけてくれたからこそ僕は介護で心の奥まで浸透させることが出来た気がします。

日中は訪問してくれる先生や、看護師さんが来ている時は僕に対して「あれをしなさい、この準備が遅い、お礼を言い忘れている」など鬼姑みたいな感じでいろいろと言ってはくるのですが、就寝する時は毎日のように言っていました。

「あんたの大切な時間を私たち二人が毎日奪ってしまって本当にごめん。本当にごめんね。堪えてくれんの……」。

だからこそ逆に僕は毎日ずっと口酸っぱく言われ続けてきた「自分の力は大切な人のために使うとやろ？」って言うと母ちゃんはフフフと笑いながら寝てくれていました。

ちょっと余談になりますが僕は母に「おやすみ！」の言葉で一日を終えるのではなくおやすみの後に「また明日ね！」を最後に付け足すようにしていました。

理由はバイバイと言ってそのまま亡くなった友達がいるからです。

なので普段からバイバイとかさよならも言わないようにしています。

いつも「またね～」で終わるようにしています。

また必ずお互いが会えますようにという願いを込めて……。

僕たちは生まれてきた瞬間から、必ずいつかは天に帰るという事実を受け入れて生まれてきます。つまり未来に向かって進むということは死に向かって進むということ。

だからこそ適当に生きるのはもったいないと僕は思うのです。

天に戻った時、一生懸命生きたという話を親や先祖さんにしたいじゃないですか？


生から死を見るのではなく、死から生をみた生き方の方が絶対に一生懸命生きられると思います。

そういう毎日を過ごしていれば介護をする時が来ても、介護を受ける時が来ても、自分に新しい使命がやってきたと思えるのではないかと思うのです。

人の死に意味を付けるのも人だと僕は思うので、母の余生は間違いなく僕のためだったと思っています。

7章　死から生をみた生き方で一生懸命生きる

自分はどう生きるのかだけを考えると自分中心になってしまいますが、自分は「大切な誰かのため」にどう生きるのか？　が決まれば自分の生き方をきちんと決めることが出来るのだと思います。

がんのお陰で取り戻せた絆

僕は、母に苦労をかけてきた父が尊敬出来ない所がありました。

少し前の話にさかのぼりますが、すぐに職は変わるし（僕は家に全額給料を入れないといけないし）、母に手が出てしまうし、こういう部分はどうしようもないなと男として思っていました。

ただそんな中で、母にモルヒネが入って食事も会話もほとんど出来ない状態になる二週間前ぐらいでしょうか。

いつものように母が就寝する準備をしている時だったと思います。急に父がベッドの横に座り、母の手を握り、僕がいる前でいきなりポロポロと泣きながら母に謝り出したんです。

「本当に苦労かけたな、俺みたいな奴に、長い間付き合わせて本当に申しわけなかった。本当にありがとう」とあの謝らない父が泣きながら言っているんです。

あの父ちゃんが……と思いながら信じられない光景でした。

母は「なんであんたが謝らないといけんの？　あたしこそ、外に働きにいける力もなくて迷惑かけてきたね、どうか許してくれんの」と、父の泣いている姿に、自分自身も一緒になって泣きながら父に伝えていました。

もう少しだけ三人で居れたらいいのになと思いながら……あぁ、息子の僕が知らな

かっただけで、というか知ろうともしなかっただけで、二人には夫婦の強い確かな絆がそこにあって、今まで家族としての絆を得ようとしていなかったのは、僕の方だったのかもしれないと反省と共にたまらない感覚に陥りました。

社会人になりたての僕は単に息子として、とにかく家が裕福ではないから自分が働いて給料を全額家に入れないと生活が出来ないという比重が、自分の人生においてただ大きかっただけでした。

家族のためにじゃなく「家族愛」を持った中で僕はもっと二〇代も、三〇代も生きないといけなかったんだと……　流れる涙を頬で感じながら「愛とは命を同じ方向にして歩くこと」なのかもしれないと二人の光景を見ながら思えました。

ひょっとして母だけではなく、その後に父ががんになったのも全ては僕に家族愛の大切さを教えてくれるためだったのではないのか？　本当に大切なことを僕が引き受けるために、そして次へ引き継ぐために二人が命を懸けて教えてくれているような温かい気持ちになっていったことを覚えています。

◆人は声から忘れていくからこそ動画や音声を思い出としていつも残しておくこと
◆生からみた死で生きるよりも、死からみた生の方が一生懸命に生きていける
◆末期がんの介護は大変だが、家族の絆や愛を深め合える命の時間だと知っておくこと

いつ自分の人生に介護という新しい役割が入るかが分からないからこそ副業を本業としてはじめていくこと

コロナ禍になったことにより、更に終身雇用の時代ではなくなりました。将来、年金だっていつまで続くか分かりません。

そんな中でこれから先どうすればいいのか？ぼんやりと悩んでいても何も生まれません。

生活をするためには消費としてのお金が必要です。だけど自分たちのためにも、子供たちの未来のためにも、将来の介護なども含め、仮に今のお仕事が正社員だとしても副業は真剣にやっておいた方がいいです。

そもそも副業自体がダメだと言われているとしても終身雇用も、年金二〇〇〇万円問題も、社会や会社が絶対に保証してくれるのかと言えばそうじゃありませんよね？

だからこそ、会社に迷惑が掛からないようにちゃんと調整すれば、基本的に会社はあなたが副業をやっているかどうかは分かりません。

大半が会社の中で「自分はこういう副業をはじめたんだ」としゃべってしまうから会社にバレるのです。ちゃんと個人開業手続きを税務署で行い、あなたが代表じゃなくても奥さんが代表になってもらってもいいじゃないですか？

国内情勢をみたら分かりますよね？　だからこそ自分で自分を雇用する考え方と行動力が、どう考えても必要になります。言うならば時代が副業を要請していると思って欲しいぐらいです。

誰もが仕事をしている中で副業は一度は考えるものです。

副業と言っても沢山ありますよね？　アフィリエイトをはじめ、ネットワークビジネス、せどり、株関連やＦＸなどなど……。

もちろん、どれも甘い世界ではありませんが、今で言うならウーバーイーツなども副業としての新しい形だと思います。

僕の仕事は企業や個人事業主さまのＷＥＢコンサルティングになるのですが、この仕事が出来るようになったのは、サラリーマン時代から地道にアフィリエイトを通じて自分のスキルを得たお陰です。黙って地道にやって個人事業として確定申告や他の税金もきちんと支払ってきましたので、会社に迷惑もかけていません。

新しい収入源となる副業は沢山あるのですが、何を選ぶかではなく誰と出会うかの方が大きいかなと僕は思います。

コロナ禍だからではなく、少子高齢化の中で起こる介護問題を克服していくためにも、副業は本業並みの情熱で絶対にやった方がいいと思います。

こういう時代にも関わらず、まだまだ副業しようかな……と考えるだけで終わる方が七割です。そしてそこから実際に行動を起こして始める人が二割、そして、ずっと続けられる人が一割ぐらいです。なぜ危機感があるのにこういう割合になるのでしょうか？

結論を先に言ってしまうと、今がギリギリだとしてもなんとか生活が成り立っているからです。仮に副業をはじめたとしても本業があるからこそ、いまいち真剣にやれないいんですよね。副業が進まない言い訳の九割が「時間がない」です。時間がないではなく「時間は生み出す」ものです。

これまで僕は仕事を通じてアフィリエイトを教える立場としても一〇〇〇人以上の方とスカイプやZOOMを通じて面談をしてきたのですが、大半の方が稼げないじゃなくて「やり続けていない」だけです。結局、このビジネスはダメだったではないのです。

最初からマインドの部分で負けているんです。これはメンタル心理カウンセラーとしても強く言えることです。


ただ、もうコロナ禍によって人の価値観は大きく変わってしまいました。

グーグルや厚生労働省だって、情報の質の高さを今まで以上に世（人）のために求めるようになっています。

特に健康、美容、医療、投資、金融、法律に関する情報発信はコロナ禍により一段と厳しい基準をネットの中では既に設けられています。

例えば素人がこれを食べて痩せた！　このサプリは効果があるという情報発信も、これまでは世のためとして役立つ情報として取り上げられてきたものが、これからは発信者が誰なのか？　という信頼性、専門性、権威性が非常に問われてくる時代になっていきます。これはもう間違いのないことです。この規制や条件が緩くなることはないと思います。そんな時代になっているからこそ今からでも遅くはありません。

自分がやりたかったこと、やっていきたいことを常日頃からその道のプロから学びながら、あなた自身も国家資格や民間資格を取って、自分のフィルターを通じてブログやＳＮＳを使って世に発信していく準備をしてください。

例えば資格を一つだけを取得してもこの道何十年の人には勝てませんよね？　だからこそ複数を取得してそれらを一つに融合して自分だけの世界を作り上げれば、オリジナルとして展開することが可能ですよね？

僕は実際に介護を通じてプロの凄さを身をもって痛感しましたし、亡くなった母も資格は色々と取っておきなさいと言っていたことも、今ならよく分かります。

僕自身も民間資格を一〇個ぐらい所持しているのですが、全ては今あなたにお伝えしたことを危惧してきたからです。

今は昔と違ってネットを使って無料でPRが出来る媒体が増えました。インスタグラムなどの人気のSNSは六〇代の方もたくさん利用されています。多くの方がYouTubeなどを使って自分の知恵や知識や経験を発信しているように今は個人がメディアになれる時代です。

ただ、質を求められてくる時代になっているので今YouTubeで許されている内容も厳しくなることは間違いないありません（誰が語っているのか？として……）。もちろん、YouTubeを使わなくても資格取得者として自分のブログを育てていきながらメディア化を目指しても良いのです。

今、僕も新しいコミュニティを立ち上げている真っ最中です。その中の一つとして僕の本業でもあるネットの中でお金を稼ぐにはどうすればいいのか？　をコンテンツの一つとしてご提供できればと思います。

近いうちに立ち上がりますので、この書籍などの公式サイトになる「ココロノミライ」をご覧くださいね。

これからの少子高齢化を生き抜くためにも繰り返しますが、日頃からその道の専門から学び、そしてあなた自身も資格を取っていくことが未来への投資になるはずです。

「毎日学び続けられる情熱」を絶やさないために悩みを薪に変える

これからの未来に必要な心は何だと思いますか。僕は情熱だと思っています。

これは母が教えてくれた「生から見た死」ではなく、「死から見た生」の考え方に切り替わって、なおさら一日の大切さや重みを感じられるようになりました。

だからこそ僕は一人で在宅介護をさせてもらって、本当に良かったと思っています。

あなた自身の人生経験が今は自分の武器になる時代です。

あなたの経験、あなたが興味があることを発信することが一つの収入源になる可能性を秘めているんです。

だからこそ、常に頭に汗をかいて、悩みを悩みと思わず、悩める時間があるだけで幸せと思える心を手にいれてください。

悩みを薪に変えることが大切です。

悩みを薪に変えて、悩みを燃やすために必要なのは、自分の情熱しかありません。

その積み重ねが未来の分岐点を決めると思っています。

そうであるならば、普段からどういう心構えで自分の名前で生きる覚悟を育てていくのか？　についてはもう一冊の『覚悟の準備』の方に詳しく書かせていただいているので、未来のために私生活習慣を変えていきたい方は、良かったら無料で公開しているので手に取っていただけると幸いです。

サラリーマン脳ではダメ！　社長脳で働くことが大切

会社に雇われて給料をもらうために働くというサラリーマン脳ではなく、会社に雇われている時も自分が社長ならどうするか？　を考えて働くだけで、働き方を大きく変えて成長させることが出来ます。

その積み重ねで心も育ち、介護も引き受けられるぐらいの器も大きくなっていくのではないでしょうか？

だからこそ副業をやれば自分が社長になるわけです。ここで自分の力で働いてお金を稼ぐという社長脳を身に付けていくことが出来ます。今だからこそ真摯に向き合いませんか？

今からでも全く遅くはありません。多くの方は副業しようかなと思うだけの方です。そして、仮に副業をはじめたとしても続かない方が大半です。だったら、あなたは続けられる人になれば良いだけです。

僕が介護にお金が使えたのは、人知れず地道に未来を危惧しながら、人が寝ている時間に勉強をして、実践を繰り返し、力に変えてきたからに過ぎません。独身だとしてもサラリーマンの給料だけでは親二人の介護を自宅で行うことはおそらく不可能だったと思います。

すぐに稼げる副業などはありません。それが可能なら誰でもやりますよね。だからこそ、固定費の見直しなどが必要になりますし、携帯電話などは格安スマホに変えましょう。

今は電気も選べる時代です。このように固定費を見直しながら家でも出来る副業を見つけて、地道に積み上げていくしかありません。

その未来は僕が新しい形に変えて、皆さんに場所として提供できたらいいなと思っています。

◆少子高齢化の時代だからこそ、副業を視野に入れて取り組む準備をはじめること
◆副業には複数の手段があるからこそ、情報収集を行いながら早めにプロから学ぶこと
◆雇われて働く考え方よりも副業を通じて自分の力でお金を稼ぐ社長脳を持つこと

自分ががんだと宣告されたら

もしも、僕が末期がんになったのならば、両親の介護で学んだ知識をもとに機能性食品を使いながら、血流の改善と栄養バランスを考えて生きると思います。

三大療法を併用した治療は選択しないと思います。

一〇〇冊ぐらいがん関連の本を読めば、いかに世界が日本と比べてがん大国と言われているのかが分かりますよ。

やっぱり今の医学って身体の中で毎日発生している細胞なのに、がん細胞を悪者と決め付けて、ただ、がん細胞を排除し、がん細胞を叩くという観念しか存在していないのではないでしょうか。

がんをとにかく悪者と思わずに、今こそ自分の身体と真摯に向き合い、「今こそ変わる時だよ」、と教えてくれていると思える経験をさせてもらったので、実際に自分ががんだと宣言されても、そこから新しい人生をはじめるかのように、残りの時間を自分らしく使っていけたらと思っています。

もちろん父のように直腸にがんが出来て便が出ないなら手術をすると思いますが、その後の抗がん剤などは一切しないと思います。

放射線も骨にまで転移して強い痛みが出るならお願いするかもしれませんが、臓器に当ててなどはしてもらわないと思います。痛み止めだけ処方してもらいます。

死から見た生を考えた時、一日の重み、一日を過ごせる有難さを感じながら、これまでお世話になった方に感謝を伝えることと家族と過ごす時間に全てを使っていくだろうなと思います。

実際、僕が介護と向き合っている時に、たくさんの方がメッセージや贈り物を届けてくださいました。なので、母が亡くなってからは一部の地域には行けていませんが、自分の足で他県に足を運んでお礼を伝える旅に出ました。

いろいろと僕に心を配ってもらい、あなたの時間の中で、介護している僕に対してたくさんのことを考えてくださっただけでうれしかったです。

言葉を選びながら何も出来ないけど、これぐらいしか言えないけど、これしか今は出来ないけどって、本当にたくさんの方が僕に力をくれました。

現実問題としてはほとんどのことを一人でやってきましたが、改めて他力で生かされているのだなと介護を通じて痛感しています。

だからこそ、自分ががんになったのであれば自分なりに出来ることをやりながら、残りの時間は感謝しながら大切な人にお礼を伝えて、家族と過ごしていけるなら本望です。

もうその時は納得した上で自分の人生を終わらせていく覚悟も決まっているでしょうから、家族に残せるものを残して自分の役目を果たしながら、毎日を今まで以上に一生懸命に生きて感謝していくだろうと思います。

母が僕に教えてくれた「死から見た生き方」って「未来視点」だと思うのです。

自分がどこで天に帰るのかは分かりませんが、そこから逆算した考えを持てば感謝するというか、感謝出来ることばかりに僕たちは囲まれて生きられるはずなんです。

その時にもっとやっておけば良かったなと一つでも後悔が少なくなるように、今を精一杯生きていけたらいいなと思います。

西洋医学も東洋医学も仲良くすべきではないでしょうか？

本を通じてでも、先生たちと話をしてもいつも思うのですが、考え方や手段は違えど目的は同じだと思うのです。なのでお互いが協力しあって医療の分野に取り組んでいけば、もっと新しい解決策が出てくると思うのですが、どちらか一本が全てという考え方だと否定的な意見しか出ません。

西洋医学なら「そんな漢方など飲んでも効果は出ません」とか、東洋医学なら「薬ばかりに頼るから身体が悪くなるんですよ」など人間の身体にはまだまだ謎が多いからこそ、どちらの言い分や根拠があっても良いと思うのです。

だけどお互いが歩みよっていけば医療の世界も大きく成長を遂げることが出来るは

ずだと思います。

どちらも悪者を扱うような物言いではなくて協力しあえる存在であって欲しいです。

どちらにも良いこともありますし、お互いが補って延命していける命は絶対にあるはずですよね。


総合治療を行っている開業医さんたちはどちらもうまく取り入れて、それぞれにあった最善の治療を考えていらっしゃる所が増えています。

まだまだがんに対する総合治療は少ないのですが、西洋も東洋もいつの日かお互いが手を取り合って、新しい医療の形が生まれていくことを願っています。


何もかもがはじめてだった時から、約二年の月日が流れようとしていました。

末期中の末期から、両手も動くようになって食欲も落ちるどころか旺盛で健やかに過ごせていた日々も、一日ずつ母の身体は天に帰る準備をしていました。

母が亡くなる二カ月前ぐらいに、リハビリを続けていいのかどうかの確認のために、骨シンチ検査といって骨にがんがあるかの確認を本格的にやることになりました。

この検査を受けた日の夜から一気に疲れが出て、翌日から元気がなくなっていったんですね。

骨シンチの検査の結果は、ほぼ全身の骨にがんが転移している状態でした。

骨も血液を作っていく役割を果たしてくれるので母が貧血になりやすかったのも、ずっと前からこういう所が絡んでいたからこそ、末期中の末期だったんだなと……。

こんな状態の中でも最初の状態から、よくあそこまで元気になってこれまで過ごせたなと、人間が持つ生きるという力の凄さを、悪化の状態よりもその中でも食事の栄養成分や血流を良くした機能性食品の必要性を再認識しました。

ほぼ全身骨転移の状態が分かったので、リハビリは当然中止になりましたし、その中でもいかに痛みがなく、残りの日々を健やかに過ごせるか、ということだけに僕は焦点を合わせることにしました。

◆周りの意見よりも自分が後悔しないためにどう過ごしていくのかを決める
◆西洋、東洋どちらか一本という選択肢ではなく両方のメリットを活かしていく
◆新しい医療に目を向ける視点を常に持っておくこと

国や社会に期待するのではなく、自分で準備できることから一つずつはじめる

末期のがん介護は本当に大変です。介護をする側も第二のがん患者と言われるほど過酷です。

僕は男一人で、女性が当たり前に出来ることが何も出来ないことを痛感するばかりで、いかに母の愛が大きかったか、そして女性は偉大だなと思うことばかりでした。本当に女性の皆さん、いつもありがとうございます。

今も父の認知症介護が続いているので別の難しさを痛感していますが、母が教えてくれたことを大事にしながら家族で向き合っています。

コロナの影響もあって、これからは今まで以上に「情報を発信する人たちの経験値

や質」が求められていきます。

ただ、その分、選択肢も広がりますから、柔軟性を持てば「どう生きるか？」がご自身の中で明確になりやすくなるはずです。

また昨今では生涯未婚率が上昇傾向にあるので、必ずしも結婚して家族全員で協力しながら介護とはいかない避けられない現実が、僕がそうだったように、常に目の前にあると思いながら準備をしておいて欲しいと願います。

さらに僕の世代を含め高齢化は増えていく一方ですから、現実問題として病院や施設の空きがなければ自宅で親の介護と向き合う日は確実に来ます。

今ですら首都圏は施設などの空きが少ないぐらいです。

いろいろな諸事情があるとしても、当の本人が病院や施設を避けて残りの人生を自宅で過ごしたいと僕の家と同じように望むかもしれません。

だからこそ未経験者の方ほど、今から覚悟の準備を日常生活の中で少しずつ養っていただけたらなと思います。

そのためには、しっかりと自分自身をコントロール出来るようにしておかないと親の残りの人生も、そして自分の将来も、子供の未来も大きく左右されかねませんので、今からでも遅くはありません。

国や会社に期待するのではなく、お金のことも健康のことも自分たちで準備が出来る所から一つずつはじめていくことが求められていると思います。

分かると出来るは違います。

聞かなくても当たり前に分かることが、はたして出来ることだと言えるのかと言えば、そうではないでしょうし、普段から出来ているのか？　と言えばそうではないはずです。

つまり、これからに向けて大切なのは「ちゃんと分かるし、少しずつ出来るようになっていく」を目指して、これからのために……が後回しにならないように、今と真摯に向き合っていくことではないでしょうか?

今の僕は、まだ有難いことに生きてくれている父が、がんだけではなく今度は認知症になったので、介護自体はあの頃から今も続いています。

ただ、今は一人ではありません。母が亡くなった後、縁があって結婚した奥さんが半分背負って支えてくれています。

守る人が増えていくたびに、僕たちは常に学びと気づきを得ながら成長しないといけません。

もちろん、人生うまくいかないことの方が多いのですが、経験値は確実に増えていきます。

生から死を見るのではなく、死から生を見た生き方をしたほうが、後悔が少ない人生を送れるはずだと、僕は亡くなった偉大なる母から教わったのです。

お母さん、僕を生んでくれて、育ててくれて、本当にありがとうございました

これから先、目の前の現実が真っ暗だと思うような出来事が自分に起こったら、まずは大きく深呼吸をして、この経験をするのは二度目だと思わないといけないよと、母は最後の言葉とも捉えられるような感じで僕に言ったのです。

あえて、いつも呼んでいた名前で書かせてもらいますが、母ちゃんの一粒のこぼれる涙を見た瞬間。

直感で悟った。もうお別れが近いことを……

ドラマのワンシーンでしか見たことがない光景としか思っていなかった現実に立ち

会っていた。

小さい頃、一緒に手を繋いで歩いたこと、お風呂で髪を洗ってくれたこと。

新しい洋服を買って、似合っていることを確認して笑ってくれていたこと。

万引きをしてしまい本気で叱ってくれたこと、いつも先の先を見て行動をして準備を終えていてくれたこと。

必死になってお金を用意してくれたこと、独立を喜んでくれたこと、高級な冷蔵庫を買ってあげたら泣いて喜んでくれたこと。

走馬灯のように駆け巡るとよく言われるが、これは本当で思い出が頭と心から溢れすぎて、もう母ちゃんの顔が涙でにじんで見られなかった。

何度も何度も涙を手で拭ってもこぼれ落ちるばかりで、どれだけ自分は愛されていたのか？　どれだけ自分のことをいつも想ってくれていたのか？
どれだけ温かく僕を見守ってくれていたのか？

これまで無償で受け取ってきた愛が、どれだけあったのかを今の僕に教えるかのように、いろんな思い出と共に、母ちゃんの愛が僕の中から涙という形に変わって消えていくようで……。

本当に必死で必死になって、消えて無くならないように涙を止めようと思っても止まってくれないのです。

別れるのが辛いという感情以上に、これまで気づかずに当たり前のように受け取っていた母ちゃんが与え続けてくれた愛情が、自分の中から涙であふれてこぼれていくことが嫌で、こぼれてしまえばもう二度と取り戻せなくなるような感覚でした。

もう最後になるからこそ、あなたの息子だからこそ、しっかりと母ちゃんの顔が見えなくても見よう、そして最後の言葉を心で聞こうと、二人だけの静かな夜がそっと流れていきました。モルヒネを使う前の最後の時間となりました。

僕は泣きながら「うん。うん。ありがとう。本当にごめんね！　本当にありがとう。俺は母ちゃんの子供で本当に良かった」

「マジで、いろいろ介護の時も何で俺にばっかりやらせるんだと怒鳴ったり、おむつを投げてしまったりして本当にごめん。もう本当にごめん。母ちゃん、愛しているよ、ありがとうね」と僕は心の底から母ちゃんに伝えた。

今まで一度も親に向かって愛しているなんて言ったことがないのですが、素直に心の底から滲み出た「愛している」だった。

「本当に、本当に母ちゃんと過ごせてよかった。たくさんのことを教えてくれて感謝しとるけん。ありがとう、ありがとう」と泣きながら最後の母ちゃんの言葉を聞いたのでした。

お先真っ暗の経験が二度目だと言われても僕は正直ピンと来なかったのだが、母ちゃんはこう言った。

「後悔で泣いたらダメよ。もう十分あんたはやってくれた。あたしはありがたいと思うから泣いている。だからあんたも感謝を受け取るたびに喜んで泣ける人でいつもいなさい」

「これからまだあたしがいなくなっても、父ちゃんが残っているから、ちゃんと支えてあげなきゃいかんばい。父ちゃんは強がるからね」

「逃げ出したくなる時が来たら、あんたは真っ暗な世界で一〇カ月間じっと耐えしのんで生まれてきたことを思い出しなさい」

「目の前に立ちふさがる現実を恐れて逃げちゃいかんばい。今回で二度目なんやから、そして次も三回目なんやから、今度も必ず乗り越えられるといつも思わにゃいかんばい。そう思って生きていけば必ず小さな出口が見えてくるけん」と……。

「小さな出口？」と僕は泣きながら質問をした。すると母ちゃんは「そう小さな出口。今の所からだと小さな出口にしか見えないけど、あんたが後ろを振り向こうとせず、前に進もうと思って小さな出口に向かって歩いていけば、絶対に大きな出口になっていくから」

「生まれる前に既に一度経験していたからこそ、今の困難も必ず乗り越えられる、と思える心さえあれば、現実と向き合うことが出来るけん、あたしもそうやって辛抱しながら頑張れたから、楽しい時間だってたくさんできたし。父ちゃんと喧嘩も多かったけど、父ちゃんがいたから幸せだと思えることもたくさんあったから。毎日の積み重ねでしか人間は成長出来ないからね」

「あんたを育てたのはあたしだけじゃない。父ちゃんに殴られても、そりゃあんたが悪いからで、恨んだり憎んだりしちゃいかんばい。父ちゃんが守ってくれたことだってたくさんあるけん。

あたしがいなくなっても父ちゃんのことを頼むばい。あんたの育ての親は父ちゃんもいてやろ?」

「いろいろと思うことがあろうけど、父ちゃんと過ごせるのも人生一度しかなかばい。あんたが約束してくれないと安心して死ねんから頼むばい」

「父ちゃんの足元を照らして、何かあったら寄り添ってあげられる息子でいてあげてね。そして、あんたが結婚したら奥さんと子供たちの足元を照らせる男でいなさい。ちゃんとばあちゃんたちと天国から見よるけん、これからのことを頼むばい」

「あたしが旅立てば結婚もしやすくなるやろうけん、離婚歴があっても、子供がいてもいい。そういう女性の方が経験もあるし器だって広いから、父ちゃんの介護があると分かっていてもあんたを選んでくれる素敵な人を奥さんにしなさい。あんたの結婚式が見れないのは母親としては残念だけど、それは父ちゃんに頼むたいね」

「あっ、墓参りだけは毎日来てくれんかね？　一人で墓の中にいるのもさみしいから……」

「いや、毎日はさすがに無理でしょ？」と僕が言ったら、

「なら月命日にみんなで来てくれたらでよかたい、そのかわり毎月来ないと駄目よ」

少しだけ二人で笑った。

最後の最後に
「やっぱり死ぬ覚悟は出来ていたし、いつ旅立ってもいいと思っていたけど、実際にあんたと、この世から離れることを考えると、やっぱりちょっと今は死にたくなかね。仕事もしながら、私たち二人のためにお金もたくさん使わせて、いろいろやってくれて本当にありがとうね」
と、少し笑って目をつむったまま、涙がまた母ちゃんの頬から流れました。

僕は泣く声をとにかく息を殺すように必死に堪えて、介護ベッドで眠りに就いた偉大なる母ちゃんに深く深くお辞儀を、自分の気が済むまで豆電球が付いているだけの部屋でさせてもらった。

お辞儀をしながら床にどれだけの涙がこぼれたか分からないぐらい僕は泣きました。

たくさんの愛を受け取らせてもらったことが、この世での別れを痛感した時、そこにはただ感謝しか僕にはありませんでした。

全ては僕に、介護の経験をさせることで、もう一歩先の一人前になるために必要なことを最後の最後まで教えてくれていたんだなと悟った時、母が悲しむような生き方だけは絶対にしないようにしようと固く心に誓いました。

モルヒネが入ると声は聞こえるとしても会話自体は幻覚を見たりすることもあり、もうあまりまともには話が出来ないことは分かっていたので、僕にとってこれが母との別れを覚悟する日になりました。

だからこそ、当時は三七歳になっていましたので、これまでの感謝と尊敬の念を心の底から込めて介護をさせてもらい、ありがとうございましたと伝えました。

お母さん、僕を生んでくれて、育ててくれて、本当にありがとうございましたと、必死で最後の涙をこらえて、僕は黙ってお辞儀を何度も繰り返して朝まで母の寝顔を見ていました。

あとがき

もちろん、僕がお伝えしたことが全てではありません。ただ他人の人生を客観的に眺めてもらった中で、あなたのこれからのために何か一つでもお役に立てることがあれば、これほど嬉しいことはありません。

最後に……

今回二冊同時に僕の経験を本にしてみないか？　と声をかけてくださったＫＫロングセラーズの真船常務。本当にありがとうございました。お互い本当に大変な作業になりましたが、感謝でいっぱいです。

また今回、素晴らしいご提案をくださった長田広告（株）の菅野長八郎さん、杉原享さん、本当にありがとうございました。

母のために、最初から最後までずっと「宝寿仙」の漢方と綺麗な「菊池のお水」を自宅に送り続けてくださった（株）水の守り人の神谷久志・利恵子夫妻、役員の平川哲也さん

温かいお手紙と共にゼオセブンを自宅に送ってくださったオルウェイズキッチン（KARAAGEASAHI）の南部京介さん

電話やメールで支えてくださったゼオセブン水素サプリ販売会社（株）クジラ・genki21研究所の兼子社長

父の直腸がんを支えてくださったエコサンテ物産の新井社長・ミージュマーマー（株）の丹羽さん

無農薬にんにくを遠い所から何度も自宅に届けてくださった、おもやいファーム代表の乙村隆文社長

忙しい中一人で自宅に駆けつけてくださった大好きな富山の下町ロケッター双葉金属工業所の木藤社長

愛媛から駆けつけてくださったサクリエ有限責任事業組合・須藤香織&尾首美穂共同代表

京都から原付で数日かけて福岡まで駆けつけてくださったカワイコーポレーションの大橋治久さん、大きなお仕事を与えてくださる河合社長

介護中に何度も励ましてくださった岡林知加子さん

いつも温かく接してくださる、まごころ介護（株）さくらの苞山吉成社長

母が亡くなった日にすぐに電話を下さった（株）人財育成ＪＡＰＡＮの永松茂久社長。自宅に運んで下さった永松寿美さん

当時ＷＥＢ制作で苦楽を共にしたWonderNoteの青木一弘社長

両親のために、自分の休みを使って四〇キロ離れた我が家に何度も二人の髪を無償で切りに来てくれた美容師、ＭＯＡＮＡの安部慎哉代表
日本一の親孝行者と、大きなお花を贈ってくださった美容起業家コンサルタントの佐藤恵美代表
手作りのお花と温かい手紙を贈ってくださった心理カウンセラーの笠原佑子代表
毎年美味しいとうもろこしを送ってくださる山田真也代表
Facebookで支えてくれた美塾の内田裕士塾長・コンシェルジュの円田佳子さん
少しでも僕の笑顔が増えるようにと、ビデオレターを送ってくださった（株）レジペアーズの山田泰史社長
応援ソングを歌ってくださったミュージシャンのユウサミイさん

ご自身の経験を通じて、母と過ごす時間の大切さを何度も教えてくださったアダプティブサーフィン世界大会銅メダリストの藤原智貴さん

介護費用の力になればと仕事を与えてくださった（株）いにしえの才・武田勝彦社長

母が亡くなった後に支えてくださった「すらっと」グループ代表・香川浩樹社長

独立してからずっと相談役としてお世話になっている大恩人の一人でもある（株）Bind・松原智彦社長

介護中で返信が遅れても、仕事の納期が遅れてもコンサル費を払い続けてくださった有限会社インプレスデザインラボ・盛田一成社長

家の介護がはじまってから仕事を一人で引き受けて何度も東京から足を運んでくれた弊社専務の本田和彦・友加・洋子さん

いつも仕事のサポートを嫌な顔一つせず対応してくださる「さくらnetbiz」代表の釘田泰子さん

いつも僕の底辺を支えてくれるエッグジョブ講師の松原秀和さん、加藤瑛二さん
細かい所までいつも丁寧に税務処理をしてくださる福島宏和税理士、事務所の皆さん
身体に優しいバスタオルセットを贈ってくださった鷹師範さん
地元の野菜を届けてくださったRUNBOCAREの坂口肇代表
サプリの総合的な知識を教えてくださる（株）セリオの図師直樹社長
いつもいろいろなアドバイスをくださる著者でもある前世療法の医師・久保征章先生
地元の大事な良き友人で居続けてくれる片淵大雅さん、井上智雄さん、今泉英司さん、武田英毅さん
居酒屋酒肴竹馬の大井篤さん
いつも打合せや会食でお世話になっている焼肉・龍王館上津店の皆さまありがとうございます。

いつも美味しいラーメンを提供してくれる、らーめん八店主・迎浩介社長
当時在宅介護でお世話になった斎藤医院の斎藤如由先生・考由先生、訪問看護ステーションつばさのスタッフの皆さん、デイサービスセンターふじの郷の皆さま
西日本介護サービス(株)の龍さん
いつも親切に無理なお願いを聞いてくださる国分町のわたなべ歯科医院の皆さま
いつも父に対して親切に対応してくれる、くるめ病院の黒岩婦長、装具担当の古賀さん、権藤さん
高齢の中で大阪から何度も足を運んで一緒に母を看取ってくれた叔父叔母にあたる大阪の梅野徹・時子
小さい頃から可愛がってくれている従妹の美容師コンサルタントの尾崎哲也・野菜ソムリエ・アスリートフードマイスターの(旧姓尾崎)野村恭子

今も認知症の父を自宅で支えてくれる愛する妻の松野千穂、龍哉、陽愛、各親族の皆さま

そして、自らが末期がんであることを隠しながら、「命との向き合い方と未来への生き方」をたくさんの溢れる愛で僕に最後まで教え続けてくれた偉大なる母ちゃん。

心の底からあの時関わってくださった全ての方々に感謝をして終わりたいと思います。

あの時からこれまでも含め、本当にありがとうございます。

コロナの影響で、以前のように逢うことも少なくなりましたが、いつも空は繫がっているからこそ、また必ず笑顔で逢えることを願いながら……。

松野正寿

母ちゃんへ

あなたの愛のお陰でこの本は生まれました。
この本を通じて僕は今よりも誰かの役に立てているかな？
今日も天国で笑ってくれているかな？

本当に僕を産んでくれてありがとうね。心の底から感謝しています。
次に産まれる時も僕は母ちゃんから生まれたいです。

父ちゃんのことは大丈夫。認知症になってしまったけど
あの時の命の時間に比べたらまだまだ頑張れるよ。
今は奥さんがいてくれるし、息子も、娘もいてくれる
きっとその縁を運んでくれたのも母ちゃんなんだろうね。

母ちゃんと最後の約二年間。僕にとって大きな財産となったよ。
命の時間を僕に与えてくれて、向き合わせてくれて本当にありがとうね！
今も変わらず尊敬しているし、あなたを愛しています。
これからも僕の生きざまをちゃんと見ててな！

まーくん「そうそう、それでいい」と思ってもらえるように、家族の笑顔のために、
僕に関わってくれる方のために、
なによりね、あなたの生き様と後ろ姿を汚さないように生きていくからね。
あなたと本気で過ごした「命の時間」こそが、今の僕の基盤にあります。
いつも愛してくれた母ちゃん。誰よりも家族のことを最優先してくれた母ちゃん。
あまりに偉大過ぎて気づけなくてごめんね。介護を通じてたくさんの愛に気づかせ

てくれて本当にありがとうございました。また必ず逢えますように……。

ＰＳ　あのね、夢の中に出てきてくれるのはとても嬉しいとやけどさ、
夢の中でも「あれせい、これせい」はやめてもらえる？（笑）

毎日あなたの存在を忘れることは一日もありません。
愛する母ちゃん。僕を産んでくれてありがとうございました。

命の時間&覚悟の準備公式サイト「ココロノミライ」
https://kokoro-mirai.jp/

著者・松野正寿のインスタグラム
https://www.instagram.com/kakugo_zyunbi/

命の時間

著　者　松野正寿
発行者　真船美保子
発行所　KK ロングセラーズ
東京都新宿区高田馬場 2-1-2　〒 169-0075
電話（03）3204-5161(代)　振替　00120-7-145737
http://www.kklong.co.jp

印刷・製本　大日本印刷(株)

落丁・乱丁はお取り替えいたします。※定価と発行日はカバーに表示してあります。

ISBN978-4-8454-2469-6　Printed In Japan 2021